AF202658

Tucholsky   Wagner   Zola   Scott   Schlegel
Turgenev   Wallace   Fonatne   Sydow   Freud
Twain   Walther von der Vogelweide   Fouqué   Friedrich II. von Preußen
Weber   Freiligrath
Fechner   Fichte   Weiße Rose   von Fallersleben   Kant   Ernst   Frey
Richthofen   Frommel
Engels   Fielding   Hölderlin
Fehrs   Faber   Flaubert   Eichendorff   Tacitus   Dumas
Maximilian I. von Habsburg   Eliasberg   Ebner Eschenbach
Feuerbach   Fock   Eliot   Zweig
Ewald   Vergil
Goethe   Elisabeth von Österreich   London
Mendelssohn   Balzac   Shakespeare
Trackl   Lichtenberg   Rathenau   Dostojewski   Ganghofer
Stevenson   Doyle   Gjellerup
Mommsen   Tolstoi   Hambruch
Thoma   Lenz   Hanrieder   Droste-Hülshoff
Dach   von Arnim   Hägele   Hauff   Humboldt
Karrillon   Reuter   Rousseau   Hagen   Hauptmann   Gautier
Garschin
Damaschke   Defoe   Hebbel   Baudelaire
Descartes
Wolfram von Eschenbach   Dickens   Schopenhauer   Hegel   Kussmaul   Herder
Darwin   Melville   Rilke   George
Bronner   Grimm   Jerome
Campe   Horváth   Aristoteles   Bebel   Proust
Bismarck   Vigny   Voltaire   Federer   Herodot
Gengenbach   Barlach   Heine
Storm   Casanova   Tersteegen   Grillparzer   Georgy
Chamberlain   Lessing   Langbein   Gilm   Gryphius
Brentano   Lafontaine
Strachwitz   Claudius   Schiller   Kralik   Iffland   Sokrates
Katharina II. von Rußland   Bellamy   Schilling
Gerstäcker   Raabe   Gibbon   Tschechow
Löns   Hesse   Hoffmann   Gogol   Wilde   Vulpius
Luther   Heym   Hofmannsthal   Klee   Hölty   Morgenstern   Gleim
Roth   Heyse   Klopstock   Goedicke
Luxemburg   Puschkin   Homer   Kleist
La Roche   Horaz   Mörike   Musil
Machiavelli
Navarra   Aurel   Musset   Kierkegaard   Kraft   Kraus
Nestroy   Marie de France   Lamprecht   Kind   Kirchhoff   Hugo   Moltke
Laotse   Ipsen   Liebknecht
Nietzsche   Nansen   Marx   Ringelnatz
von Ossietzky   Lassalle   Gorki   Klett   Leibniz
May   vom Stein   Lawrence   Irving
Petalozzi   Platon
Sachs   Pückler   Michelangelo   Knigge   Kafka
Poe   Liebermann   Kock
de Sade   Praetorius   Mistral   Zetkin   Korolenko

Der Fröschlacher Kuckuck

Albin Zollinger

Impressum

Autor: Albin Zollinger
Umschlagkonzept: toepferschumann, Berlin

Verlag: tradition GmbH, Hamburg
ISBN: 978-3-8472-3755-6
Printed in Germany

Text der Originalausgabe

Albin Zollinger

Der Fröschlacher Kuckuck

Leben und Taten einer Stadt in zwanzig Abenteuern

Atlantis Verlag Zürich
[1941]

ERSTES ABENTEUER

worin die Fröschlacher ihre Domglocke retten und dem Genie eins heruntergezogen wird.

Große Ereignisse der Weltgeschichte wiederholen sich, treten, wohl leicht verändert, bei neuen Völkern hervor; so finden wir, daß eines Tages die Fröschlacher auch ihre Hauptglocke auf den See hinausfuhren, um sie allda zu versenken, weil der Feind im Anmarsch gemeldet war, er aber die Kostbarkeit nicht erbeuten sollte. Sie selber nicht zu verlieren, merkten sie sich ihren Ort wie vormals die Männer von Schilda durch ein Zeichen, mit dem sie den Kahn versahen, dort wo die Glocke noch Blasen herauftrieb, nur daß sie sich dazu des Bleistifts, nicht einer Kreide bedienten. Dies verrichtet, steuerten sie nach dem Ufer zurück und landeten im Schilf unweit Schattensee, auf das Spöttervolk ärgerlich, das von Zinnen und Türmen mit einem Hähergelächter lärmte. Die Fröschlacher wurden nicht klug daraus, welchermaßen sie sich wieder ungeschickt sollten angestellt haben, sie guckten einander ins Gesicht: Der Pfarrer fand Mäckerling für ein Stadtoberhaupt doch zu schneidermäßig, dieser hinwiederum den Seelsorger unverschämt feist. Dem Schatzkanzler wollte es so vorkommen, als ob der Stadtbaumeister mit seinem Zimmermannsbleistift überm Ohr sich ein Ansehen gab; der Stadtbaumeister rügte es an dem Kanzler, die Goldkiste auf den Knien überall mitzuführen. Stoffel bezog den Spott auf Klaus mit der Pfauenfeder, Klaus Hähnchen dafür faßte Stoffels Schlafmütze höhnisch ins Auge, und was den Ratsschreiber Hirngewitter betraf, so zog dieser Griesgram unversehens dem Lehrling eine herunter, daß es klatschte. Im ganzen krochen sie kleinlaut auf Moorpfaden ab, froh der Deckung in Binsenbüschen. Voraus ging der Pfarrer, fraß Apfelschnitze aus seiner Rocktasche; ihm auf den Fersen schlich Mäckerling, diesem im Rücken der Stadtbaumeister, der Kanzler und Stoffel schleppten sich mit der Kiste, indem der Schreiber, käsig und hypochondrisch, nach dem bleichen Tod in den Torftümpeln schielte; die Nachhut folgte mit Klaus und dem Lehrling. Diesem rauchte noch immer die Hirngewittersche Backpfeife im Gesicht; Läublein, so hieß der Jüngling, rieb mit der Hand seine Wange ganz in Gedanken, Klaus Hähnchen erzählend, wie er im Seegrund das allerschönste Kirchengebäude erblickt und das Vorhaben trage, eben die Kathedrale mit allen Spitzchen und Farben, Bogen und Regenspeiern, Dachreitern, Aposteln, Engeln und Lindwürmern für die Vaterstadt Fröschlach zu erbauen.

ZWEITES ABENTEUER

Die Fröschlacher pflegen Rates, auch ihren Staatsschatz in Sicherheit zu bringen.

Die Fröschlacher wiederholen sich keinesfalls in ihren Taten, dafür sind sie noch heute zu klug und zu launig, ein kleinbißchen wohl auch aus trüber Erfahrung allzu gewitzigt: den Goldschatz wollten sie anderswem anvertrauen. Wahrhaft in Tränen beschwor sie der Kanzler, das Staatsgut doch seiner Truhe zu belassen, in der es kein Mensch vermuten würde. Er schmeichelte sich, aus der berühmten Fröschlacher Pfiffigkeit heraus zu raten, wenn er vorschlug, den Feind auf die Weise zu nasführen. Mäckerling indessen, der Bürgermeister, erhob es zum Ehrenanspruch, daß das Vaterland nach seiner, Mäckerlings Erfindung gerettet würde. Seines Zeichens ein Landmann wie alle – weshalb auch ihr Ratssaal freundlich nach Heu roch – hielt er dafür, daß das Gold in den Acker gepflügt werden sollte. Dazu nickte der Pfarrer – er kaute gerade dürre Zwetschgen – nichtsdestoweniger blieb er bei seinem Vertrauen in den Kirchenaltar, den er als sichersten Hort auf Erden allezeit anempfehlen konnte. Nun saß auch der Magister Nasenspitz mit im Rate, ein Gelehrter und also heimlicher Gottesleugner, der, was immer der Geistliche vortrug, widerlegte. Er stand, noch bevor der Pfarrer sich einen weiteren Bissen in den Mund schob, reckte sein Fingerchen auf und begann eine Darlegung über Delphi, Ninive, Samarkand und Theben, wie sie mit ihren Tempelschätzen die Begehrlichkeit von Eroberern angelockt und den Untergang ganzer Kulturen verschuldet hätten. Dem Stadtbürgermeister gab er in verbindlicher Ermahnung das Höhlenvolk der Schärmäuse, Engerlinge und Roßmörder zu bedenken, welches sich die kostbare Saat zunutze machen möchte; gegen Stoffeln, der vorgeschlagen hatte, das Gold ins Herbstlaub der Wälder zu streuen, bemerkte er mit weniger Ehrerbietung, ja recht eigentlich mitleidig lächelnd, ob er sich auch mit seiner Findigkeit dafür verbürge, die Münzen aus Nestern und Wurzelstöcken der Eichhörner wieder zusammenzutragen. In die Ratlosigkeit hinein rief von der Zuschauerbühne der junge Klaus Hähnchen: »Und vergessen die Ehrbarkeiten auch nicht völlig, auf unsre Bewaffnung zu denken!« Unwille murrte den Vorwitz nieder. Der Zeughauswart, ein wortkarger Stelzfuß, nahm die Gelegenheit wahr, ein Pergament seiner Ausstände abzulesen. Der Stadtbaumeister verbreitete sich über die Dringlichkeit von Bastionen. Fröschlach besaß zu der Zeit auch nicht einmal Wall und Graben. Sie ließen die Köpfe hangen. In den Schoß der Versammlung laufend, mit Tränen und händeringend beschwor Hirngewitter die Obrigkeit, doch ja nicht den Feind mit Widersetzlichkeiten zu reizen. Der Feind sei allmächtig und bestenfalls durch Angebote des guten Willens zu versöhnen, in der Weise etwa, daß ihm ein Viertteil des Goldes freiwillig abgetreten wurde. Im ferneren erachtete er es für weislich, einen Verlust in Gottes Namen drauf und dem Feind als Köder auf die Straße nach Schattensee zu legen. Hähnchen lachte und sah sich dafür bald an die Luft gesetzt. Der Rat beschloß, die Summe der Gedanken zu nützen, nämlich den Schatz in Teilen einerseits preiszugeben, zur Abfindung des Feindes, für Harnische und ein Stadttor, anderseits nach den geprüften Möglichkeiten in Staatsgewahrsam zu behalten, in der Sakristei zu vergraben, unterzupflügen und auf das Waldlaub zu schütten. Der Stadtbaumeister verwies auf den Drachenstein, einen alten Turm in der Gegend; es sollte auch seinem Gemäuer eine Schüssel Goldstücke übergeben werden. Sie verfielen außerdem auf eine Neuerung, welche damals von sich reden machte, die sogenannte Schwarzenbacher Kanalbank, die noch überdies Zinsen gab. Von der Kanalbank kamen sie auf die Staatsanleihe der Schattenseer. Das Höchstmaß von Bedrängnis kann den Menschen dahin treiben, sich mit dem Erbfeind zusammenzutun; schweren Herzens und besser nicht als durch ein Zufallsmehr erhoben die Fröschlacher auch das Darlehen zum Beschluß. Um aber das Aeußerste zu tun, nicht aller Wahrscheinlichkeit entgegen der Gesamtheit ihrer Depositen verlustig zu gehen, spitzten sie ihren Scharfsinn auf den Gedanken zu, einen Rest in der Weise jedenfalls zu behalten, daß sie ihn unter die Bürger zur Aufbewahrung verteilten.

Der Weibel schellte mit dem Glöcklein, die Senatoren verließen das Rathaus.

DRITTES ABENTEUER

welches Worte zu Taten verdichtet.

Der geneigte Leser wird schwerlich dem Irrtum verfallen sein, aus solcher Umsicht einer Regierung auf gleiche des Volkes zu schließen. Es war zu Fröschlach wie anderswo, daß in den Oberhäuptern das allgemeine Wesen zur Blüte gelangte, gewissermaßen der behäbige Salat zur Fruchtbarkeit aufstengelte. Daher kommt es denn, daß die Chronik, indem sie die Fröschlacher handeln läßt, ein Grüpplein der Einfallsreichsten zeigt, das in Vertretung Taten der Tapferkeit ausführt. So wenig wie anderswo war es in Fröschlach der Exekutive gegeben, stets nach der Vorstellung Aller zu wirken; bestellt und bevollmächtigt, trug sie Würden und Bürden im Trotz der Verantwortlichkeit, setzte sie was ihr gut schien auch gegen Spott und Anfeindung, wenn es nicht anders zu machen war in der Heimlichkeit, des Nachts oder überraschungsweise durch. Des Anspruchs auf Lob und Dankbarkeit entschlägt sich der Höherstrebende, der in den Annalen der Geschichte besser als in der Tageslaune wohnen will. Er weiß, die Menschheit behält ihre eigenen Stimmungen nicht, wohl aber den Willen der Cäsaren im Gedächtnis. Ungeachtet sie mit der Domglocke einmal wieder nicht zu jedermanns Freude vorgegangen waren, schritten sie unverweilt zur Ausführung ihrer neuen Beschlüsse. Die Schwarzenbacher Kanalbank, im Selbstgespräch einer Pappel lehnend, schreckte mit Geschnarch aus dem Schlummer auf, da sich ihr Sitzbrett von sanft nachdrücklicher Last in den Nägeln bog. Weil der Mond schien, erkannte sie rund und voll einen Zwilchsack in dem Gaste, der ihr seine Hinterknochen so hart auf den Magen stiess. Ueber den Bachsteg entfernten sich eilfertige Männer wie Diebe mit ebensolchen Packen, denen ein Gürtel von aufgemalten Nullen um den Bauch lief. Hochbeinig, mit wehenden Schößen stapften die Ratsherren in den Vollmond hinein. So weiß und gewaltig er aber im Riedgrase federte, sie sahen ihn nicht, sie starrten dem Wald entgegen, der ziegelblond wie ein Fröschlacher Haarschopf in der Lichtferne flammte. Ihm die goldenen Läuse ins Fell zu setzen, beschäftigte ihr Denken und Trachten. Die Fröschlacher schwitzten Perldiademe. Vor Atemnot sterbend, im Hintertreffen geängstigt, griff der

Pfarrer zum verwerflichsten Mittel, die tolle Jagd aufzuhalten. Mit seiner letzten Luft rief er:

»Kuckuck!«

Vom Donner getroffen, blieben die Fröschlacher stehen, reckten die Häupter und lauschten nach allen vier Winden. Nur der Pfarrer holte inzwischen auf. »Was habt ihr denn? Lauft doch zu.« Sie hoben den Finger vor die Nase, und nun vernahm es auch der Pfarrherr: Kuckuck, Kuckuck! zirpte es ferne herüber wie ein Erzittern des Mondscheins. Den Fröschlachern fuhr die Weißglut in die Köpfe. Sie senkten sie aber, fast wie Laternen, die sie in reuiger Prozession vor sich trugen. Durch den kornhellen Mond schlich das Schattenspiel von Wämsern, Gliedmaßen, Halbarten, Beuteln und Krausen niedergeschlagen, in schwerem Gedankenkrieg, in welchem sie Leitern an Schattensees Stadtmauer lehnten, gottverdammte Köpfe aus dem Ziegellaub schlugen, Nester von Silbertalern aushoben, Pechfackeln in Heudielen tauchten. Das Feuer am Himmel gewahrend, hüpften sie schon im Glauben, Schattensee brennen zu sehen. Sie steckten die Häupter zusammen in Erwägung der Möglichkeit, daß die Spottvögel mit ihren Augen das Unternehmen umflatterten. Es empfahl sich, Umwege zu nehmen; die aber führten auf Moorgrund, in welchem die Fröschlacher, schwer von der Goldfracht, tiefer und tiefer einbrachen. Nun aber das Gut dem Teufel zu überbringen nicht Ratsbeschluß war, so kehrten sie um in dem Sumpfe, arbeiteten sich auf die Höhe und gelangten in eine Lichtung, von der es ihnen bedünkte, sie wäre ein Elfenbad. Sie verschloffen sich in die Binsen, allda eine Weile zu rasten, wie sie sagten; in Wahrheit schwitzten sie wieder, diesmal vor neugieriger Erwartung. Im Harren wurden sie sich ihres Hungers gewahr, auch machte der Blutdrang sie durstig; sie befahlen somit Stoffeln, seinen Vespersack aufzuschnüren. Lieber ihrem Schnalzen und Glucksen wachte der Storch auf – er blieb in den damaligen Zeiten länger – zog seinen Schnabel aus dem Gefieder, sein Fröschenstilet, das er, auf behutsamen Beinstecken unterwegs nach dem Sumpfgeschmatz, beiläufig ein bißchen vors Gesicht nahm. Die Fröschlacher erschreckten sich auf den Tod, als mit eins der langnasige Geist in das Röhricht trat, nicht übel verwundert, die Frösche so wohl entwickelt auf ihrem Hintern sitzen zu sehen. Der Anblick reizte ihn beinah zum Lachen, hatte er eben die Würdenträger doch schon einmal so in dem Schilfe erblickt, damals wie Seerosen lieblich und schuldlos, in Hemdlein, wo sie jetzt dick gegürtet oder schindeldürr mit Schärpen und Wehrgehäng protzten. Die Verwandlung vor seinen Augen vollzog sich durch Zauberschlag, der den Kindlein Bärte und Schnäuze, Zahnstummeln und Erdbeernasen auf den Leib hexte. Die Fröschlacher erkannten den Zaungast auch, doch nicht dankbaren Herzens als den Lebensengel, auf dessen Rücken sie in die Welt geritten waren; sie hatten ihm das vergessen und in Erinnerung bloß, daß der Vogel sie ungeheißen mit Kindersegen heimsuchte Jahr für Jahr, sie waren ihm daher nicht grün, warfen mit Hühnerknöcheln und Pfropfen nach ihm, schon aus dem Grunde als er hier störte; der Vertraute und Fürsprech der Weiber sollte es nicht ausplappern, wenn sie in Amtsgeschäften sich eine kleine Erholung gönnten. Der Schnabelbeamte, vor ihren Geschoßen flüchtend, sah gar zu lächerlich aus, die Fröschlacher riefen ihm Spottnamen nach.

Indem die Badegesellschaft auf sich warten ließ, wurden die Männer schläfrig. Sie gähnten, sahen sich nach Polstern um, packten sich ihre Geldsäcke unters Ohr und schnarchten. Die Elfen, welche nicht anders dachten, ihren Lustpark von einem Untier belagert zu finden, brausten am Eingang in der Aufregung eines Bienenschwarms vor verstopftem Loche. Der Storch abseits hatte wiederum den Spazierstock seines Schnabels unter den Arm genommen, hörte den Mückenzorn schwirren und stelzte hinüber, die Fröschlacher bei den Fräuleins zu verzeigen. Von einem Luftzug hineingeweht, auflachend und schnatternd ergoß sich die Elfenwolke über den Tümpel. Die Fröschlacher warfen sich im Schlafe herum, schmatzten und lallten mit Flötentönen. Ueber Schnauzbärte vorgeneigt, ihre Händlein auf den Knien, beguckten sich die Mädchengeisterchen unsere Fröschlacher einmal aus der Nähe, hoch herab mit einer Miene von grausendem Erstaunen. Der Schlummer lag in Blöcken auf den Riesen, der Atem pfiff durch die Nasenhaare. In der Sicherheit wunderfitzig, hockten die Kühnsten sich zu den Schläfern nieder, ihren Betrachtungen mit aufgestützten Gesichtlein sonderbar benommen nachzuhangen. Das borstige Bild des Menschengeschlechts schien ihnen ebenso furchtbar wie mitleiderweckend. Die eine und andere Elfenträne glitzerte durchs Mondlicht hinab. Eine Zofe las in Hähnchens Pfauenfeder gedankenvoll wie in einem Spiegel, und Läublein gar, dem Kathedralenbauer, wogen sie

13

die Locken auf der Hand. Die Prinzessin, ob sie sich gleich im Rücken der Gespielinnen zurückhielt, blickte mit einem Ausdruck fast der Weinerlichkeit unverwandt auf das Traumgesicht. Die Blöße des Schlafes kam ihr vor wie ein Gestirn im Freien der Weltnacht. »Deckt es zu!« hauchte plötzlich ihr kleiner Mund und sprach damit aus, was alle im Gefühl empfunden hatten. Durch den Nebel von Schleiern schimmerte Läubleins Schlafflächeln noch einmal so schön. »Decken wir alle zu!« frohlockten die Elfen, und der Rauch ihrer Schleier wehte. Selber, nun nackend, erhoben sie sich im Mondschein, auf Flucht in der Schwebe. Es stachen denn nicht sobald ihre Bartstoppeln durch die Tücher, als auch die Fröschlacher wie verbrüht aus dem Schlafe auffuhren, in die Spinnweben griffen und mit Geschrei eines überfallenen Heerlagers vom Boden aufsprangen. Jämmerlich, in Bedrängnis eines Wespenangriffs, quietschten Mäckerling, der Kanzler, der Stadtbaumeister, der Pfarrer, wehrten mit ihren Ellenbogen in die Luft, duckten sich, purzelten übereinander, rollten verpuppt und zuckten. Klaus focht mit dem Degen über sich, unerschrocken, doch ganz bei der Sache. Im Schrecken floh Hirngewitter quer durch das Wasser, einen Brautschleier hinter sich schleppend. Stoffel, selber in Nöten, sprang der Obrigkeit bei, rupfte und stolperte. Aus dem Garn hervor riefen ihn Weh und Klage, Ungeduld und Verfluchung an; er verhaspelte sich im Eifer, seine Herren aus Strängen und Knoten herauszugraben. Klaus kam zu Hilfe mit seiner Klinge, Klaus hatte sein Lachen wiedergefunden, die Würdenträger erstanden, strampelten, zupften, spuckten, lasen im Abscheu die Fetzchen von ihren Aermeln. Der Ratsschreiber hatte sich freigerannt wie ein Fohlen, kehrte an allen Gliedern schlotternd in den Schutz des Verbandes zurück, immerzu fragend, was es gewesen sein möchte. »Das kann niemand anders als der gottverdammte Hölzel gewesen sein!« schwur er; Hölzel, der Schattenseer Hexenmeister.

Noch immer fanden sie Fäden, die sie einander vom Rücken flohnten auf ihrem Gänsemarsch, der altgewohnten Schlachtordnung, in der sie auch dieser Grube des Abenteuers entstiegen. Sie schwatzten wie Kinder nach überstandenem Schrecken aus der höchsten Höhe der Stimmen, lachten und stießen, indem einer sich nach dem andern zurückwendete, mit ihren Nasen zusammen. Hähnchen allein hatte einen Wisch von dem Zauberzeug an sich genommen, trug es wie Milch in den Fingern; ihn stach auf einmal der Haber, seinen Mut daran zu beweisen. »Aufgepaßt!« rief er; alle blieben sie stehen. »Den Batist will ich genießen« – und schneuzte sich mit Geschmetter in das Angebinde der Elfen. Sie sahen es nicht ohne Aengstlichkeit. Da sich's nicht rächte, hatten sie ihr Gelächter, liefen herzu und begehrten den Spaß für sich auch; alle nach der Reihe bliesen sie in die Trompete.

Das Feld lag offen vor ihnen, die Stadt Fröschlach mit Giebeln im Mondholunder. Der Gefahr entkommen, verfielen die Nachtschwärmer einer Lebenstrunkenheit, in welcher sie alle Vorsicht fahren und die Fröhlichkeit überschäumen ließen: Arm in Arm, eine Strange vergnügter Hopser, brachen sie über die Stoppeln vor, gröhlend und johlend, hüpfend, die Köpfe von Schulter zu Schulter werfend. Der Pfarrer, ganz zu schweigen von seiner Körperlast, die ihn in Rückstand brachte, geriet im Lachsturm mit den Knien durcheinander, stieß das Haupt in den Nacken und jappte zum Mond empor, als gält es in einem Wurstbeißen, ihn von der Schnur zu schnappen. Die Schützenlinie schloß sich nach vorn zum Kreise, der Kreis marschierte zur Mitte; Stirn gegen Stirn, ein Knäuel von Ziegenböcken, wühlte das Häuflein auf seiner Stelle mit Gebell und Gemecker, Gemuh und Geschnatter, Kikeriki und Miauen, lachten sie Tränen und Geifer. Endlich aber unterfingen sie sich einer Kühnheit, die des Ortes denn schon der Gotteslästerung an Schändlichkeit nicht viel nachstand: Was der Fröschlacher in der Wiege nicht hört ohne in Plärren zu verfallen, was ihn aus Kellern und Löchern, Trinkstuben, Beichtstuhl, Brautkammer und Todbett heraustreibt, was ihn im Sarge die Faust ballen macht, was Mord und Totschlag, Mistgabelkrieg und Feuersnot in die Gegend gebracht hat, das was in Fröschlach seit Menschengedenken als Todsünde gleich nach dem Meineid kam, was der Christenmensch so wenig sich einfallen läßt als in Adams Kleid vor der Haustür ein Pfeiflein zu schmauchen, eben dazu fühlte das Ständchen den Heldenmut in sich: es stimmte an, die Schlafstadt mit dem Rufe des Kuckucks herauszufordern! »Kuckuck, Kuckuck!« spottete der Widerhall der Mondnacht.

Die erste Zipfelmütze war noch nicht herausgefahren, als die Kuckucklandsgemeinde, wie Buben, die am eigenen Bärengebrumm erschrecken, mit Geschrei auseinanderstob: Der vergessene Goldschatz war ihnen eingefallen! Hände voran, warfen sie ihre Sohlen auf, stürzten sie sich, wie es aussah, in die Schlacht. Das Gold, Gott sei's gedankt, war noch da, der Spuk an den Säcken vorübergegangen; sie warfen sich zu ihnen nieder, küßten, umarmten sie, drückten sie an ihre Wangen.

Was zum Kuckuck aber hatte denn Läublein hier getrieben? Läublein, der zwischen den Goldsäcken saß und aus seliger Träumerei heraus auf die Fröschlacher ohne Erinnerung blickte! Marsch dich, du Einfaltspinsel! herrschten sie ihn an und wollten ihm seinen Lastanteil auf die Arme laden. Nun erst stieß ihnen auf, daß er noch immer sein Schleiertuch in den Händen hielt, ein umfängliches Banner von fleckenlosem Schnee, ihm ein Schatz offenbar, der ihn alle die Zeit unterhalten hatte. Läublein, statt die Geldkatze entgegenzunehmen, fing an sein Gewebe zu falten, so als legte er Mondschein zusammen. Die Fröschlacher sahen ihm zu, sahen einander ins Gesicht, steckten die Hände in die Hosentaschen, so weit als sie sich nicht ihre Beutel aufgepackt hatten. Der Vorgang hatte in ihren Augen eine dunkel geahnte Bedeutung, Läubleins Bedächtigkeit ein Geheimnis aufreizender Art, die sie zunehmend in Harnisch brachte. Der Schatzkanzler tat einen Schritt gegen Läublein, gab noch etwas an Duldung zu, indem er die Traumhandlung betrachtete. Im Gefäß seiner Aufmerksamkeit stieg der pechschwarze Haß bis zum Rande; mit einem blitzschnellen Griff krallte er das Tuch an sich, ließ es vor des Jünglings erschlagenem Antlitz auseinanderfließen, riß es mitten durch, legte die Hälften aufeinander, zerriß auch die Hälften, die Hälften der Hälften, machte in langsamer Arbeit fein säuberlich Fetzchen, die er Läublein am Ende der Möglichkeit gespitzten Mundes von seiner Hand ins Gesicht blies. Läublein in seiner Ohnmacht hatte sich nicht geregt, die Zerstörung aufzuhalten. Die Nacht seiner Augensterne gab zwei Tränen herauf wie der Brunnen ein Silbergeperle, die Träne fiel vor die Wimper und hielt ihm das letzte der Blättlein gnädiglich an der Schläfe.

Der Aufbruch in Gehuste gab Läublein die Zeit dazu, den Elfenkuß herabzunehmen und in sein Brusttuch zu flüchten. Denn im übrigen benötigte er die Arme, seinen Zwilchsack voranzubringen. Er hielt ihn auch wie ein Brot und wehrlos, als der Ratsschreiber Hirngewitter eigens zu dem Zwecke zurückkam, ihn auf den Mund zu schlagen.

VIERTES ABENTEUER

in welchem die Fröschlacher schlafen gehen, um ein andermal fortzufahren.

In den Schatten der Vaterstadt tauchend, verspürten die Fröschlacher ihr Gewissen, nicht des Kuckucks wegen; wo die Furcht es nicht würzte, verloren sie das Gedächtnis ihrer Frevel – ihnen bangte vor der Heimkehr zu den Weibern, die in der Hellsicht ihres Schlafes oder durch Klatsch des vertrackten Klapperstorchs von dem Elfenbad mochten erfahren haben. Ausgenommen der Pfarrer, Hähnchen und Läublein waren sie alle beweibt, am schlimmsten Hirngewitter, der kleiner und kleiner wurde mit der Strecke Weges zu seinem Haustäubchen, will sagen Meerrettich, Türangel- und Turmhahnkreischen, Windhöschen, Sturmvogel, Otterzünglein, Knüppel-aus-dem-Sack, Schlagwetter und Eberzahn. Verzweifelnd blickte er um sich, ob durch Gnade der Jahreszeit irgend ein Röslein, Nelklein, Himmelschlüssel oder Veil zu Kätterchens Beschwichtigung sich am Leben erhalten hätte. Fast wollt es ihn reuen, ihr nicht seinen Spinnwebsschleier aus Teufelsbesitz aufgehoben zu haben. In der Not erraffte er doch einen Knoblauchstengel, dessen Samenstand im Kammergrauen für Hortensia oder Phlox oder Schneeball hingehen konnte. Das Kopfsteinpflaster hinauf bewegten sie sich auf Zehen, wiewohl sie die Nagelschuhe ausgezogen und Stoffeln mit farbigen Bändern, Ledertroddeln und Dämonszungen in Bündeln über den Leib gehängt hatten, daher er wie Papageno, der Vogelhändler, im Gehen raschelte und schwankte. Dem Nachtwächter gaben sie Zeichen mit dem Finger am Munde, er blickte gutmütig verlegen, blies von oben in seine Laterne. Es sollte sie doch nicht vor dem Grimm ihrer Weiber bewahren, die Stadt erwachte von dem schauderbaren Getöse in den Häusern der Magistraten, die Stadt erhob sich mit hunderttausend Zottelkappen von den Kissen, kratzte sich hinter dem Ohr und seufzte, als der Tumult sich mit dem letzten Hieb und Gepiepse zurück in die Nachtstille legte.

Ueber dem war Klaus Hähnchen durch Gassen und Gäßlein geschlendert, Treppwege hinan auf den Lindenhügel gestiegen, allwo auch der Dom stand mit dem ausgebrochenen Glockenauge. Die Dächer büschelten sich steil ums Gemäuer, die Erker hingen wie

Flaschen aus Butzenglas. Klaus warf mit Ziegenböhnchen hinauf, zum Vergnügen auch eines Kätzchens in seinem Glauben, daß es ihm zu Gefallen geschehe. Das Kätzchen, das er meinte, sprang aber nicht in den Gossen, sondern öffnete schließlich das Scheibchen, miaute in Schläfrigkeit lieblich aus einem Spitzenhäublein herunter. Im Pfarrhaus knarrte der Speiseschrank. Läublein indessen hatte sein Türmchen über der Felswand erstiegen, legte sich in das Fenster und träumte zum Mondschilf hinüber noch an die dreiviertel Stunden. Endlich nahm er sich wieder herein, streifte den Rock von den Schultern, tastete nach seinem Herzen, legte die Stirn auf das Läpplein schwermütig trunken, inwendig licht von dem Kerzenschein schwebender Elfenwesen.

So auf sein Bett hingeschmolzen fand ihn die gute Mutter. Brummelnd im Kummer, wälzte sie ihn auf den Rücken, zog ihm das Linnen um die Ohren, brannte mit ihrem Flämmchen zwei oder drei Schnaken vom Getäfel, pützelte dahin und dorthin, blies übers Stuhlblatt und faßte von ungefähr auch das Elfengespinst ins Auge. Böse erstaunend blickte sie auf zur Decke, wie es geschehen sein möchte, daß die Spinne ihr unterlief. Froh, in der Heimlichkeit drüber gekommen zu sein, bevor es ein Zeuge entdeckte, schnappte sie's mit der Hand vom Laken, wickelte es um den Finger, flüchtig verblüfft von der Haltbarkeit des Gewebes; mit den Augen auf Fadengehäng aus, hielt sie das Netz in die Flamme.

Läublein, im Morgengrauen, sprang erschrocken vom Lager, suchte und grabte. Nun war's doch nur durch Traum geschehen!

FÜNFTES ABENTEUER

worin das Werk vollendet, Goldmünze in Laub verwandelt, ein Schatz nicht gehoben, vielmehr auch einmal beigesetzt und ein Lindwurm zutage gefördert wird.

Mit dem Segen ihrer Weiber versehen, guten Mutes und rüstig zogen die Fröschlacher aus, der Mutter Natur ihren Staatsschatz in Gewahrsam zu geben. Zärtlich bückten sie sich auf den Moorgrund, die mulmige warme Erde, in deren Furchen sie die blinkenden Kartoffeln ihrer Krontaler niederlegten.

Hierauf gingen sie weiter zum Wald und säten das Gold auch im Walde. Das Herbstlaub lag hoch und locker, die Münzen tropften darauf mit dem Geräusch von Regen. Zu säen war ihre Uebung, sie säten nach den Regeln des Herkommens, zwischen den Fingern heraus mit verträumtem Schwung aus den vorgebundenen Säcken. Die Hände am Rücken, schlurften der Pfarrer und Hirngewitter die Kreuz und die Quer in der Goldsaat.

Die Buchenblätter klebten an ihren Strümpfen, noch unterwegs zur Ruine lasen sie Dukaten aus den Schuhen. Der Mond, von alters her eine Wundernase und den Fröschlacher Streichen zugetan, lugte mit einem Auge durch Tannen. Seine Laterne kam recht willkommen, denn insgeheim grauste es ihnen; der Weg nach dem Drachenstein ging durch Schluchten in Tuffgefelse, Waldweihern entlang und verzettelte sich im Schierling. Der Sage nach gab es hier Schlangen, und mehr als einem hüpften auf einmal die Beine unter dem Leib hinweg; sie sprangen nicht anders als Kastanien in der Pfanne, fauchten und pfiffen wehlich, Läublein mochte ihnen zureden wie er wollte. Läublein ging an der Spitze; Läublein allein von allen, erwies es sich, hatte in seiner Wunderlichkeit vormals den Drachenstein aufgesucht. Freundlich führte er sie in das Dräuen des Wurzelgetieres, ein Bruder Franziskus, vor dessen Hand es sich duckte. An seinem Rockzipfel hangend, stolperten sie durch die Finsternis. Die Fröschlacher tragen nicht Wasser ins Meer, geschweige denn Lampen ins Mondlicht: Einen See vor den Füßen spürend, scheute die Koppel und bäumte. Den Augen der Fröschlacher unsichtbar, verklärte sich Läublein zum Heiligen, der Wunder an ihnen verrichtete; wahrlich, das Wasser trug sie, trug auf federndem Wellenschlag, die Lippen des Priesters beteten. Einzig Hirngewitter verzagte im Glauben, wich in den Knien aus und sank. Sein unfrommes Beispiel hatte auf einen Schlag alle Zuversicht von den Aposteln genommen; wiederum schrien sie, kegelten durcheinander und rissen im Sturze auch ihren Franziskus zu Boden. Durch ein Mundvoll Waldmoos zeterte Hirngewitter wie begraben. Aus der Traumschwere um sich tastend, griffen die Schiffbrüchigen in Moos; so weit als sie krochen, fanden sie Pelz und Moder. Um die Abenteurer in Sorge, reckte der Mond sich höher, ihre Augen begannen zu sehen, sie erblickten den falschen Propheten. Läublein für einen Heiland genommen zu haben, verletzte die Fröschlacher in der Ehre, und ohnehin bei Licht wieder munter, überfielen sie ihn mit Prügeln. Die Züchtigung in der Wildnis stob mit Flaum eines gemordeten Vogels, der Mond fuhr unmerklich zurück. Endlich stießen sie ihren Stefanus wiederum auf die Füße. Sie konnten seiner nicht wohl entraten; da er verwirrt und traurig scheinbar des Weges nicht achtete, hielt ihm der Bürgermeister noch einmal die Faust vor die Nase, schwörend, der Taugenichts ginge von nun an zum Drachenstein oder zum Galgen. Er geleitete sie denn zum Drachenstein. Vor Mühen und Aengsten schwitzend, krallten sie sich dem Graskamm in die Mähne. Rittlings rutschend, schlossen sie ihre Augen vor dem Abgrund. Er hauchte schattenhalb kiesig und mondwärts mit Schnee herauf. In der Gottesfurcht erzogen, unternahmen die Fröschlacher keine ihrer Taten ohne den Beistand der Kirche; so rutschte der Pfarrer zuvorderst. Hähnchen am Schwanze lief auf vier Stummeln ein bißchen kühner; der Raupe im Bürzel schwankte die Pfauenfeder, vorn erhob sich das Kriechtier mit Fühlern der Priesterhände. Läublein war ohne Gedanken, als ging er auf einem Läufer, vorangeschritten, erschrak nun beinahe und sah vom Gemäuer erstaunend zurück auf den Tausendfüßler, gönnte es ihm, endlich Grund zu fassen, sich zu beeilen und aufzurichten.

Der Pfarrer beschrieb einen Kreis um den Turm, jugendlich wie ein Stierkämpfer; bösen Geistern ist anders als mit Bestimmtheit kein Eindruck zu machen. Die Fröschlacher gingen denn vor, dem verrufenen Ort ihren Topf auf den Schoß zu setzen. Er stank sie mit Pestilenz eines fauligen Schlundes an. Sie erblickten im Steingezacke mit eins einen scheußlichen Rachen, Mäckerling an der Spitze ließ den Goldhafen fallen, sprang dem Schatzkanzler vor den

Bauch, der Schatzkanzler stieß nach hinten den Stadtbaumeister und dieser den Schreiber um; so klappte das Domino schreiend in sich zusammen. Die Fröschlacher brüllten entsetzlich im Brennesselfeuer, welches sie für den Atem des Drachen hielten; die Mondglut sah durch ein Loch in der Mauer, das Auge des Wurmes rauchte. Den Lehrling wischte der Dornenschweif als ein Fläumlein kopfüber ins Dunkel. Dem Heldenmut ist die Sterbestunde was dem Alltag das Schlafengehen; die Fröschlacher reute das Leben, jetzt wo das Wunder seine Lieblinge auf- und verlorengab: Hatte doch jeder zu Hause schon seine Grabplatte in Sandstein, auf der er mit Schwert und Wappen fast heilig im Tode gestreckt lag – und als Drachendreck sollten sie dorren!

Sei es nun aber, daß der Engerling schlafbefangen seinen Leckerbissen verkannte, sei es, daß er, unwohl, Krankenbesuch entgegennahm, er bewegte sich nicht von der Stelle; Läublein war auch nicht verschlungen, lief dahin und daher wie ein Wärter am Schmerzenslager des Riesen. Unter dem dankbaren Auge, das ihm nachging, packte Läublein das Präsent von verschüttetem Gebäck in den Winkel, den Spendern nicht ganz nach dem Herzen. Indessen, sie hatten das Leben. Um den Fiebernden nicht zu erschöpfen, entfernten sie sich auf den Zehen – sie nahmen den Grat auf Zehen, die zierlichste Seiltänzergruppe, die je in den Mond gewandelt. . . Hinüber, setzten sie sich in Trab, begannen am Waldhang zu rennen und klatschten auf ihren Sohlen nicht leiser als ein Taubenflug durchs Gestämme. Läublein flog wie ein Hirsch und erreichte sie doch nicht früher als im Schatten der Grube, in welchem sie endlich wagten, ein Auge zurückzuwerfen. Mondfunkelnd, ein Hermelin, hing die Steinwüste lang herab. Die Fröschlacher spähten: Der Busch überm Steilhang lebte von schnuppernder Schnauze.

Sage mir, Fama, schwere Sibylle, du vor dem Anfang steinern Uralte, sage dem Flüchtigen, winzig Blinden: welcher Herkunft ist die Fügung, welcher Wurzel das Schicksal, wo sitzt der Gottjüngling lässig und spielt sein Spiel mit den Dingen, zielt was am Ende der Zeiten beiläufig trifft, Zufall dem Aufblick des Nachgeborenen, Irrlicht im Weltraum und doch eines Tages jauchzend zu Hause! Alexander näßte sein Bettchen eben recht, um Chäroneia als Held zu erreichen. Petrus löste den Fischernachen, der Heiland hatte sich just erhoben, und der Schlag des Ruders und der Schritt der Sandalen, mochten sie träumerisch schweifen, sie brachten die beiden zueinander, ein Fallgesetz zwang sie zusammen. Hatte nicht Othello seine Kindheit im Mohrenland, Seefahrten und Schlachten, Wüsten und Völker hinter sich gebracht, und noch zögerte Desdemona dem Stichwort des Lebens entgegen, der Schurke Jago schnüffelte es aus der Luft, auch seine Richtung dahin zu nehmen? Sorgenlos strampelte der Säugling Ptolemäus, lutschte der rosige Archimedes, vergnügte sich Kepler an seinem Roller, sah Galilei die Lampe wandern, kicherte Newton am Vaterfinger – ihre Stunde war angesetzt, sie hielt sich an ihrem Orte geruhig wie das Brot auf der Lade, das Geranium unterm Fenster, die Erde, Saturn, die Sonne in ihrem Zirkel zueinander. Und der Schierling reifte und tropfte genau in den Becher, und Sokrates hatte das Maß seiner lächelnden Sünden voll. Und Achilles hob die Ferse wie willentlich vor den Pfeil. . .

Man wird sagen, sie wären darüber gelaufen, und ordentlich wild dazu. Der Schotter beliebte nicht, mit ihnen zu Tal zu gehen, es war ihm geboten, zu warten bis daß die Fröschlacher unten die Augen zu ihm erhoben. Dann aber begann er zu weichen, die Last seiner Treue vernahm den Ruf der Erlösung, ein Heerlager sprang auf die Füße von mystischer Schlachtdrommete: Klirrend und rauchend fuhr die Lawine nieder. Hatten sie's doch gedacht, das Scheusal würde ihnen folgen; in seiner ganzen Länge, auf einmal blitzlebendig, stob es auf Eidechsenbeinen schnaubend die Rinne herunter.

Die Fröschlacher nahmen Sätze wie der Mühlstein am Berge.

SECHSTES ABENTEUER

das, wie man sehen wird, die Szene aufs schönste verändert.

Nämlich es plumpsten ihrer drei in ein Moorloch, welchem sie schwärzer als Fledermäuse und so verwundert entstiegen, daß auch allen andern die Lust verging, die Welt wie bis anhin zu sehen; dafür stand sie garzu verschleiert mit Silbergespinst über ihnen, ein grünliches Licht von oben zündete ihnen ins Auge, so daß sie die Hand drüber deckten. Der Schrecken hatte die Fröschlacher auf eine Heide hinaus versprengt, von der es ihnen so vorkam, als war es eine Schafhöhe vor Bethlehem. Der Sternhimmel strahlte durch Nebeldampf, gewaltig hing ein Gestirn herab, welches mit ihnen wanderte, fast wie ein Tierlein durch Vorausgehn und Stehenbleiben ihnen etwas bedeuten wollte. Als die Drei Könige aus dem Mohrenlande mit Weihrauch und Myrrhen zustießen, frohlockte das Herz in ihnen; kindlich fromm folgten sie nach in der Luft aus Sandel und Zimmet, Läublein vor allen, noch voll der marmorenen Städte, die er vom Drachenstein aus überblickt. Hähnchen freute sich, dem Christkind sein Schwert zum Schutze zu bringen, ehrlich freute sich Stoffel, der Pfarrer nahm es für sich in Anspruch, die Hoheiten vorzustellen. Ein ganz kleinwenig überhob er sich im Herzen über den jungen Erlöser, der es noch vor sich hatte, Latein und die Sakramente und die Hierarchie zu erlernen, deren Gewand er als Priester trug. Stadtbürgermeister Mäckerling wandelte in Ueberlegung einer Ansprache, die er an den hohen Gast zu richten gedachte, dafür daß er vor allen Geburtsstätten der Erde Fröschlach den Vorzug gegeben. Der Stadtbaumeister erwog das gewaltige Leben, welches nun seinen Einzug halten würde, erwog die Jahrtausende, die sich hier aufhäufen mußten mit Säulen, mit Kuppeln, mit Treppen und Toren und Standbildern, mit Kram und Getute und Glocken, Zypressen und Kränzen, erwog seinen Ruhm vor dem allen als Erbauer des Baptisteriums, welches moosgrün und in den Quadern locker der Augapfel noch spätester Zeiten sein würde. Der Kanzler sah sich in einem Saale von Malachit die Abgaben der Provinzen entgegennehmen, Hirngewitter unterfertigte Pergamente mit Siegeln von Lebkuchengröße. Der Mond schien auf Schnee, es flockte sehr hold vom Himmel, in welchem die Englein wohllautende Harfen schlugen. Die Fröschlacher lächelten bitter, die

Menschheit natürlich im Schlaf vorzufinden, und sie hätten die Mitbürger aufgeweckt, wären sie nicht eben eifersüchtig darauf gewesen, sich dem Gottessohn als die Wachenden zu präsentieren. Sie suchten in Gassen und Ställen, der Stern blieb darüber stehen; wo immer sich ihnen nur ein Schimmer von Kerzenschein zeigte, klopften sie demütig an. Durch das Holz antworteten Geißböcke mit Gemecker, Ochsen stolperten aus dem Schlafe auf; als es sich endlich fügte, daß in der Altstadt noch ein Bäuerlein wachte, – denn auch an der Kreatur ist die Geburt ein Mysterium aus Gottes Herzen, und der Mensch bricht zu seiner Betreuung den Schlaf, – da hielt er die tangbehangenen Fürstlichkeiten für Wassermänner und Neptune mit einem Gefolge zerschundener, verstrubelter Krieger. Am Wochenbett seines Weibes hätte er wohl gezagt, es ging aber um sein Kalb, und also ergriff er den Kübel, traf den nächsten mit vollem Strahl, fand des Wassers genug im Brunnen, zu dem er eilfertig zurücklief als löschte er eine Feuersbrunst. Nachdem er sie sattsam gespült und mit dem Stallbesen gestriegelt, erkannte er mählich die Wahrheit, daß durch Besonderheit der Umstände sich ein Wunschtraum von ihm erfüllt, nämlich er seinen vieledlen gnädigen Herren Oberen die Köpfe gewaschen hatte. Erschrocken strich er die Kappe zum Nacken hinab und kratzte sich hinter dem Eselsohr.

SIEBENTES ABENTEUER

Zeigt die großartigen Anstalten, die getroffen wurden, das trojanische Pferd auslaufen zu lassen, diesmal in Diensten nicht der Hellenen, sondern derer von Fröschlach, nicht am Marmarameer, nur bei Schattensee, mit Kriegern weniger als mit Golddublonen im Holzbauch, und ebenso sinnreich erfunden.

Universitätsstadt ist Fröschlach nie gewesen, auch nicht, wie schon behauptet wurde, in seiner Glanzzeit, von der wir die allein glaubwürdige Chronik schreiben. Einmal besaßen die Fröschlacher in hohem Maß jene Tugend, welche es vermeidet, die Gelehrsamkeit zum Nachteil des Glaubens zu überschätzen; sie mißtrauten recht eigentlich jedem, der nicht von der Arbeit lebte – er vermochte es denn aus Renten, wo sie freilich den Hut umso tiefer zogen – und Arbeit war Adams Arbeit, im Schweiße des Angesichtes. Auch der Pfarrer besaß seinen Hasenstall und den Kirchenhügel voll Reben, dem Bürgermeister zinste die halbe Gemeinde, der Schatzkanzler züchtete Stuten, und zwar eines maurischen Stammbaums, der Ratsschreiber trieb eine weitläufige Liebhaberei mit Gänsekielen, für die er die Rassen großzog. Fröschlach beschäftigte aber Magister – alle auch Bauern, die Fröschlacher hielten sie schmal genug – unter ihnen den Mann vom Rate, der die Eichhörner schlecht gemacht hatte, Nasenspitz mit Namen, ein Gelehrter von Weltruf und maßgeblich für Geschichte; seiner Kenntnis war das trojanische Roß zu verdanken.

Heißt das, in der Professorenzerstreutheit verwechselte er's mit dem Palmsonntagsesel; die Fröschlacher Schreiner fertigten ein Gerüste, dem sie die Eselshaut überzogen samt Schwänzchen und Löffeln und Nasenhaaren. Dessen Seele ging auf einer Kippe, die, schlug man nur leicht auf das Rückgrat, einen Durchfall von Louisdoren unter dem Schwänzchen herausgab. Das melancholische Standbild auf Rädern eines Stubenwagens fastete vor dem Rathaus seiner großen Bestimmung entgegen, den Schattenseern das Gold auf die Straße zu hofieren. Nämlich Nasenspitz, in aller Anerkennung des Hirngewitterschen Ratschlags, hatte dafür befunden, daß die güldene Marksteinsetzung vor den Augen der Schattenseer mit

Schlauheit zu vermänteln wäre, welches am unfehlbarsten mit Hilfe eines sogenannten trojanischen Esels geschähe; denn wiewohl in Hinsicht der Verschrobenheit Schattensees kaum eine Vorstellung übertreibe, so auf den Kopf gefallen sei in der Welt kein Bauer, daß er wie jener Tölpel im Kindermärchen den Mist eines Esels für bare Münze nähme. Den Fröschlachern leuchtete das Mittel ein, ja sie hüpften vor Freude darüber und wurden rätig, den Hauptstreich mit einem Volksfest einzuleiten, um ihm die rechte Bedeutung zu geben. So kamen denn aus dem Umkreis, von ihrer Witterung aufgemuntert, die Komödianten angefahren, stellten ihre Buden im Weichbild auf, Schießstände, Zirkusse, Karusselle, die Fröschlacher mischten sich unter Bärenführer und Schlangenmenschen, Türkischen Honig schleckend, weinende Schweinchen am Munde, und flogen auf Kähnen zum Sternenzelt als wäre nicht Krieg im Lande.

Den Esel hatten sie eingezogen, verlauteten überhaupt gegen niemand etwas vom Hintergrund ihrer Verschmitztheit, wie denn auch wir das Kommende an dieser Stelle verschweigen und der Geduld des Lesers vorenthalten als:

ACHTES ABENTEUER

Recht lumpig verkleidet, eine Truppe landfahrender Akrobaten, machten die Notabeln sich auf den Weg, das aerarium publicum in seiner letzten Rate zu bergen. An einer roten Garbenschnur führte der Letzte das Grautier, welches abgespannt und verdrossen schien. Seine Holzrädchen schielten durcheinander, kreischten so stimmenreich wie ein Wurf Spatzen am Pferdeapfel. Das klang bis hinüber nach Schattensee, dessen Volk, einen Fröschlacher Streich vermutend, durch die Schießscharten spähte; das konnte der Absicht nur dienen, die Fröschlacher blieben stehen, das erschöpfte Tier aus einem Kübel zu tränken. Auch machten sie sich auffällig darum, daß es aussah als litte der Esel in den Därmen; nichtsdestoweniger dudelten sie im Weitergehen auf einer Klarinette, schlugen Rad und parlierten in einer unverständlichen Sprache, wahrscheinlich Afghanisch, weshalb denn die Schattenseer sie wirklich für etwas besseres, nämlich für Ausländer nahmen, herauseilten und sie höflich einluden, doch ihrer Stadt auch eine Vorstellung zu geben. Die Afghanen ließen sich etwas bitten. Es war auch ein dickes Weib unter ihnen, eine Zigeunermatrone von gefälligem Antlitz im Kopftuch, die hatte gedörrte Zwetschgen zu essen die richtige Männerstimme, ein vom Bartschaben ganz blaues Doppel-, genau gezählt Trippelkinn – das Weib, dem ein wahrer Karussellvorhang von Rock um den Bauch hing, stach dem Schulzen von Schattensee in die Augen, und das will tiefer verstanden sein: Es ist ein Gesetz, so alt wie die Menschheit, daß Gleiches zum Gleichen strebt, die Seele nicht Ruhe findet, bis sie ihr Haupt in den Schoß des Verstehens gelegt hat. Dem Schulzen war's von der Natur schwerer als einem gemacht, denn sie hatte ihn sonderlich mit Körperstärke ausgestattet, mit Schultern so breit wie eine Segelschiffsraa, einem Jauchewagen von Rücken, Schinken, deren ein Pferd sich nicht hätte schämen müssen. Wie Saul überragte er alles Volk um Haupteslänge, als flüchtete er's aus den Gerüchen, wiewohl seine Nase nicht größer als die eines Pintscherhündchens schien. Diesem Haupt nun, einer wahren Turmkugel von Haupt, suchte er den Schoß der Geborgenheit über alle Lande hinweg noch auf der Höhe seiner Jahre, nachdem er in Zärtlichkeit vier Ehegattinnen, alles zierliche Schattenseerinnen, mit dem anschmiegsamen Haupte erdrückt und unter den Boden gebracht hatte. Die Madyarin, oder was sie war, sprach sein Herz mit jähem Erkennen an, ungeachtet es seiner Vorstellung schmeichelte, den Kanarienvogel in die Schattenseeische Amtswohnung zu setzen; auch veranschlagte er es geschäftlich vorteilhaft, das fremdländische Frauenbild in seinem Fleischerladen – er war Schlächter – radebrechend und wimperschlagend mitwirken zu lassen. Er scharwenzelte denn nach dem besten Vermögen vor der Angebeteten herum, sie zu überreden; denn der Umweg über Schattensee schien ihr so wenig wie die sichtbare Verliebtheit seines Schulzen ohne weiteres zu gefallen, woraus er hinwiederum nur auf Weibestugend seiner Erwählten schloß und der schwermütigen Rührung vollends im Herzen erlag. Nur scheinbar durchbrechen wir den zwangshaften Fluß der Erzählung, wenn wir an dieser Stelle auf einen Zusammenhang für das erste Urteil entlegenen Orts zurückgreifen. Indem wir bei der Wahrheit bleiben und getreulich der Sache dienen wollen, dürfen wir nicht anders denn die Weltgeschichte selber vorgehen, nämlich das Geringfügige nicht übersehen, welches bekanntermaßen weitläufigste Auswirkungen, ja Entscheidungen, Ruhm und Untergang der Heroen in sich birgt, durch ein Beispiel anzudeuten: das Zahnweh, das eine Hinrichtung unterschreibt, oder das Gläschen zu viel, in dem eine Schlacht ersäuft. Der vollendetste Scharfsinn hat sich durch Tücke des Nichtigen verrechnet, das Genie ist über ein Sandkorn öfter als über Gebirge gestolpert, eine schlechthin wissenschaftliche Gerechtigkeit gebietet, es den Fröschlachern nachzusehen, daß auch sie den Schabernack der Lappalien und Schaden durch menschliche Blindheit an ihrem Leibe erfuhren.

Noch wenn sie es wußten, daß in der Hülle niemand anders als Ehrwürden ihr Pfarrherr, in der einer anderen Weibsperson der feingliedrige Hirngewitter steckte, noch wenn es durchaus bekannt war, daß der Ratsschreiber Gänse sammelte: wie hätten sie überdies bedenken sollen, daß eine Sehnsucht in ihm lebte, einmal im Leben nach Schattensee vorzudringen – was kein Fröschlacher von Selbstgefühl auch nur im Traume erwog – dem Laien ist Japaner was Chinese; den Kenner Hirngewitter beschäftigte seit Jahren eine Spielart Gänse, die nur an Ort und Stelle, leider in Schattensee, zu studieren war.

Als er die Gelegenheit dazu sich ergeben sah, betrachtete er's bis zu dem Augenblick wo ihr aus der Sprödigkeit des Pfarrers Gefahr erwuchs, da legte er sich eifrig ins Mittel und bewirkte denn auch, daß die Fröschlacher, selber nicht wenig wundrig darauf, in Verkleidung die Höhle des Löwen zu betreten, Schattensee ihren Besuch auf den Abend zusagten. Dies vereinbart, zogen sie mit dem Esel weiter, ließen auch schon ihn ein Müsterchen seines Drecks auf die Straße niederlegen, indem sie ihm leicht auf den Rücken schlugen; der Mist war als das angesehen, was er war, eben Mist und blieb liegen. Also vollzogen sie das Kartoffellegen getrost und in frommer Verträumung auf der Straße von Schattensee weit hinaus, bis daß sie dem Blick des Schulzen entschwanden. Das war weit und schon fast im Bereich der Gefahren; einen Bühel ersteigend, überschauten sie die Gebiete, von deren Seite der Feind zu erwarten war, merkten sich unter der Hand die Wege, die es ermöglichen sollten, ihm mit dem Tribute entgegenzufahren.

Gegen Abend kamen sie wieder herab von dem Feldherrenhügel, gedankenvoll schweigsam, ein jeder das Schicksal des Eigenen bedenkend, nun der Staatsschatz in Sicherheit war, so weit als von Sicherheit irdischen Gutes einmal die Rede sein kann. Auf der eigenen Goldspur wandelnd, erreichten sie Schattensee durch ein Stadttor, dessen Schildwache präsentierte, den Fröschlachern zur Verwunderung, indem fahrendem Volk die Honneurs zu erweisen Schildwachen für gewöhnlich nicht instruiert sind. Sie fragten den braven Landsknecht, ob der Feind schon bereits zu erwarten sei; er kam aber nicht zur Antwort, der Schulze, vor Liebe schwitzend, erschien unterm Tore, glücklich, der wiedergefundenen Schönen zu erzählen, daß der Posten ihr allein zu Ehren war abkommandiert worden, mit der Weisung nebenbei, Gaffern den Ausgang zu versperren. Den hat's tüchtig beim Wickel, dachte Hochwürden in seinem Weiberrock, immer der Täppigkeit wehrend, halbwegs erheitert, bei seinen Jahren noch zu dem Maße von Liebeserfahrung zu kommen. Die Fröschlacher waren ins Städtchen getreten; die Neugier stach ein wenig verräterisch durch ihre Lumpen, wie der Wunderfitz von Kindern, die den Sankt Niklaus spielen. Sie kamen auf einen Grasplatz mit Linde, um welche der Pöbel zusammenlief. Im Prangerstock schnaufte ein Männlein, dem troff die Säufernase ellenlang vom Gesicht; Stoffel in seinem Durste hielt es für einen

Brunnen und spitzte den Mund nach dem Strahle, der Brunnen war aber so höflich, ihn zu warnen, indem er »Kein Trinkwasser!« sagte. Aus dem Gelächter schloß Stoffel, daß die Schattenseer einen Dummen August der Truppe in ihm sahen; er zeigte den Mutterwitz, sich die Rolle zu merken und mit ähnlichen Spässen zu gefallen. Mitleid im Busen, hatte die Madyarin ihrem Befremden Ausdruck gegeben, Trunksucht mit Pranger bestraft zu sehen. Dem Schulzen stach die leiseste Aeußerung ihres Mißfallens spitzer als eine Stricknadel in die Seele; mit Tränen im Auge bat er, ihn anzuhören, daß er ein Schlächter wohl von Beruf, nicht aber von Artung, ein Riese nur dem Erscheinen, nicht seinem Wesen nach wäre, vielmehr sanft, liebebedürftig und von zarter Gerechtigkeit, daher auch er Lüge und Verleumdung vor allen Lastern züchtige wie eben an diesem Narren, der eine Lästerzunge aus dem Dünkel zur Wahrheit bewege ohne Achtung selbst höchster Stellen. Dem Schulzen ging eine Freude seltsamlich durch Tränen, vom Pranger her hatte der Kuckuck gerufen. »Was ist das?« fragte die Zigeunerin mit ihrer fremden Betonung, die ihn so herzlich rührte. »O, nur ein hiesiger Vogel,« lachte er, ihre Hände ergreifend, »und einer, der nicht einmal da ist!« Sie schien ihm aber erbleicht, er faßte sie ängstlich ins Auge.

Die Fröschlacher waren zusammengelaufen wie Hühner im Schrei des Habichts, sahen einander an mit einem Auge. Die Schattenseer dachten sich davon nichts anderes als daß sie den Kuckuck zum erstenmal hörten; Leute von Lebensart, erwiesen sie den Gästen die Aufmerksamkeit, sie in dem Rufe zu unterrichten, um ihnen die Furcht zu nehmen, fingen also an, auf der hohlen Hand zu kuckucken, daß das Städtlein davon widerhallte. In der Falle gefangen, wie sie meinten, zogen die Fröschlacher böse Gesichter, zum Aeußersten grimmig entschlossen. Der Schattenseer Gewaltige, als er sah, daß Madyaren und Afghanen den Kuckuck so schlecht vertrugen, faßte beinah eine Liebe zu Fröschlach, wo sie desselben Sinnes waren; er reckte denn seinen Arm aus und gebot, was noch kein Schattenseer Schulze in allen Jahrhunderten geboten hatte: er gebot dem Kuckuckshof Schweigen. Zur Bekräftigung seines Befehles tat er im Kreis ein paar Hahnentritte, daß ihm ordentlich Sporne am Stiefel klirrten. Die Dankesergebenheit in der Miene der Liebsten riß ihn dazu hin, ein zweites Mal seinen Kamm zu schütteln und das Verbot auch noch mit ewiger Gültigkeit auszustatten. Den Schattenseern schien das Gott versucht, sie duckten sich aber, der Meinung, er würde es schon beschlafen. Fürs erste sah es recht wenig darnach aus; die Madyarin hatte ihm eingehängt, es glich einer Fürstenhochzeit, als das gewaltige Paar an der Spitze des Volkes den Rundgang durchs Städtchen wieder aufnahm. Das Bollwerk aus Türmen und Mauern erwies sich in seinem Innern als ein morsches Gewirre von Lauben, Aborten und Fachwerk, wimmelnd von Katzen und Kindern, flatternd mit Wäsche und Knoblauchkränzen, reisigduftend, mit Gestank aus Kellern und Gruben. Der Ehrgeiz der Schattenseer erschöpfte sich sichtbar darin, den schönsten Miststock zu flechten. Gingen die Weiber lausig in Fransen und Strähnen, mit geschwänzten Schnecken am Haupte, so hatten sie dafür alle Kunstfertigkeit und Liebe auf ihren Mist gewendet, der vor den Ställen säuberlich, wie mit dem Richtmaß gemessen, in blonder Zopfarbeit lagerte. Dem Fröschlacher Pfarrer machten sie ordentlich Hunger auf eine Art Butterwecken, welche man zu Sylvester im Lande zu backen pflegte. Er neigte sich daher zum Ohr seines magistralen Gönners hinüber. Der Schulze fuhr auf wie gestochen. In die Hände klatschend, befahl er den Schwanenwirt herbei, dem er auftrug, unverzüglich ein Mahl für die liebwerten Gäste zu richten. Von den Fröschlachern fiel nun der letzte Argwohn, daß sie erkannt und von der Verstellung ausersehen wären, irgend eine Unbill in Schattensee zu erfahren. Sie wurden munter, fast ausgelassen, und übernahmen es in ihrer Zuversicht unbedenklich, die Gastfreundschaft mit einer Zirkusschau vorzubelohnen.

Dem Leser, der unserem Vortrag mit jenem Verstände gefolgt ist, welchen das Ernsthafte billig voraussetzt, wird die Fröschlacher Wendigkeit, sich in jeder Lage zu helfen, je und je Freude bereitet haben und noch fernerhin bereiten, sofern er nur ausharrt und nicht etwa selber ein Schattenseer ist, der Purzelbäume schlägt in Erwartung ausländischen Nervenkitzels, den Höhentrieb aber, der Dome baut, als einen heimischen Vogel verspottet. Möchte er diesfalls immerhin genau und bei der Wahrheit bleiben, daß der Kuckuck uns wohl mit der Stimme des Frühlings anspricht, in der Kräusligkeit unserer Träume nistet, von Hause aus aber ein Wanderer ist, überall und nirgends, den Japanesen so gut wie den Heiduken und Senegalesen vertraut. Von Schattensee aus gesehen, stellt er sich als das Sinnbild nur der Unzucht, des mailichen Triebes dar, sitzt er im Wappen der Lüderjane, auf den Hörnern des armen Hahnreis, macht gar dem Teufel den Herold; die Fröschlacher ließen sich foppen und nahmen schmerzhaft ernst, was bei Klarheit des Wissens sie hätte mit Stolz erheben und auszeichnen müssen, ziert der Kuckuck doch auch das Szepter des obersten Griechengottes, was ihr Magister Nasenspitz, um ein weniges gelehrter, den Fröschlachern hätte sagen müssen, um sie ein für allemal zu erleichtern, dem Hohn seinen Stachel zu nehmen. Die Fröschlacher machten Streiche, die in ihrer Gesamtheit anzuerkennen allein die Heuchelei sich vermessen wird; die Schattenseer machten keine und fühlten sich noch wunder wie groß darin, den Witz nur zum Tadel zu haben.

Vor die Notwendigkeit gestellt, als Akrobaten zu bestehen, drückten sie sich nicht von dem Mannesmut, eine selbstverschuldete Schwierigkeit zu meistern; sich in der Seiltänzerkunst zu versuchen, beschwingte sie mit eigentlichem Feuer schon im Nachklang der Jahrmarktswonnen, die den Tag eingeleitet hatten. Auch fühlte man sich recht ordentlich gerüstet: Mäckerling, der Stadtbürgermeister, trat vor im Trikot eines Schlangenmenschen. Sich zu winden und durchzumogeln hatte er im Ratssaal zur Genüge erlernt; er verknotete sich im Grase bis dahin, daß ihm der Kopf zu den Knien, ein Fuß aus dem Schulterblatt und die Hand zum Nabel herauswuchs und er die Gliedmaßen nur am Ende langer Entfaltungen sich selbst zur Verwunderung wiederfand. Vertrauen und Begeisterung waren hergestellt und die Vorführung gerettet, was auch für Hokuspokus ihnen noch beifallen mochte. Der Stadtbaumeister, im Kleid eines persischen Zauberers, verstand sich auf einige Kniffe, durch die er sich die Nase knacksend vom Antlitz drehte, das Daumenglied ausriß, daß die Weiber Augen drauf warfen und vor Entsetzen kreischten. Es war wenig, ihm aber hinreichend, selber am herzlichsten zu lachen. Stoffel parodierte als Clown in seinem Rücken, riß sich den Schuh vom Fuße, zog eine Maskennase armlang vor das Gesicht heraus, ließ sie am Gummi schnellen und plärrte, daß sich das Publikum im Gelächter wälzte. Hierauf erschien der Kanzler in Michelkappe als Handwerksbursche, das Eselein führend, und spielte das Märchen Tischlein deck dich. Die Schattenseer, die so viel Gold in ihrem Leben nicht fallen gesehen hatten, wünschten, es wäre lötig und ihr eigen. Dabei war es beides, wenn sie zugreifen, es als Schattenseer Anleihe aufnehmen wollten. Der Kanzler, indem er's vom Boden klaubte, überlegte die Wege, es anzubringen. Dem Esel war ein Tuch mit Augenlöchern wie zu einem Leichenbegängnis übergeworfen worden, Klaus Hähnchen sattelte ihn auf die Schabracke, bestieg ihn und ritt darauf zum Turnier vor, indem er sich in den Kreis stoßen ließ. Die Holzrädchen schrien; Schattensee wußte nicht, sollte es lachen oder sich vor dem Ritter mit seiner Lanze gruseln. Sei es nun, daß sie, ihrer Ausbildung nach ein Fußvolk, irgend eine Finte witternd den Kampf in der Tat nicht wagten, sei es daß sie ihn gar zu närrisch fanden, es stellte sich keiner der Schattenseer. Die Fröschlacher richteten Hähnchen auf seinem Reittier herum, der Esel begann über die Grasneige zu galoppieren, in die auseinanderstiebenden Schattenseer mitten hinein, mitten durch eine Herde Gänse, was um seiner Geschwindigkeit willen aufregend aussah; die Fröschlacher wenigstens hatten so viel nicht davon erwartet, und es fror sie vor der eigenen Tapferkeit ordentlich an die Haut. Inzwischen sprengte Hähnchen bis an des Esels Bauch in den See hinaus, immer den Gänsen nach, die sich, in ihrem Elemente, derweil zum Angriff gegen ihn wendeten. Mit seiner Stange ungattlich bewaffnet, ließ er das Ruder fahren, erwehrte sich der Schnäbel mit Fäusten und Füßen, sprang ins Wasser und schleppte denn eine Koppel von Federvieh an Land, der er sich anders als durch Flucht auf den Lindenbaum nicht mehr entzogen hätte. Rittertugend hat gegen die Dummheit kein Mittel.

Bei den Gänsen hatte der Ratsschreiber in seinem Zigeunerinnenflaus gestanden und anscheinend eine Unterhaltung geführt. Herbeigerufen, erhielt er ein Fransentuch übergelegt und tanzte zu Klarinette und Geige. In die Klarinette blies Stoffel, nun ernsthaft und hingegeben; Läublein spielte die Geige. Das Mägdlein tanzte versonnen als tanzte es ein Rechenexempel. Die Schattenseer blickten auf seine Figuren wie auf geheime Zeichen. Aber die Gänse, mißtrauisch erregt, waren ins Publikum getreten, das Schauspiel zu überwachen. Als das Feuer des Tanzes im Musikwind zu flackern begann, ergriff auch sie die Erregung, zückten sie ihre Hälse und stießen in rauhe Trompeten. Hirngewittern packte das erst bei seinem eigentlichen Temperamente, so daß er herumzuwirbeln und gewagte Schritte zu nehmen eine hitzige Lust empfand. Ob sie sich nun erzürnten, um die Gänseliesel besorgten, die Vögel verließen ihre Loge und mischten sich ins Theater. Mit waagrechten Schnäbeln haschten sie nach den Zipfeln, die überm Grase flogen, schwangen desgleichen ihre Flügel und hopsten und hinkten und fielen auf ihre Hintern. Der Schreiber bewegte sich in dem Tumulte mit großer Zierlichkeit und Flüchtigkeit, die Gänse blieben im Hintertreffen, aus welchem sie zorniger und zorniger ihre Anläufe nahmen, des weiblichen Derwischs habhaft zu werden. Die Schattenseer, stolz auf den Beitrag ihrer Gänse, unterhielten sich auf das Beste; die Erlustigung fand aber ihr plötzliches Ende wie ein Sonnwendfeuer im Regen. Lieber allem war der Abend vorgeschritten, das Zeitwerk im Stadtturm knarrte, und auf einmal krähten die Stuben hundertfältig mit Kuckucksuhren, daß die Fröschlacher wie gesteinigt den Arm über sich erhoben. So überraschend wie es gekommen, schloff es auch hinter die Türchen; das Künstlervölklein erholte sich und räumte den Verdruß aus den Mienen, nachdem der letzte Nachzügler vor sein Nest gestolpert war, der Welt die Stunde zu verkünden. Zornglut im Antlitz, sprach der Schulze sein Verbot auch über die Kuckucksuhren aus, und die Madyarin setzte sich denn in den Menschenkreis, ihre Wahrsagung anzubieten. Zuerst trat der Schulze vor, wonnig erschauernd, da sie ihm seine Hand in den Fingern aufblätterte, mit dem Glase darin zu lesen. Sie hatte aber nicht so bald hineingeblickt, als sie sichtbar erschrak und, sich verfinsternd, die Hand zurückgab. Bitten und Flehen bewogen die Wahrsagerin nicht dazu, ihr Wissen vom Schicksal der Schattenseer mitzuteilen; sie brachten es in Zusammenhang mit dem Krieg und erstaunten über den Beweis ihrer Hellsicht für Dinge, die, ihnen unerkennbar, schon in der Luft beschlossen standen. Die Afghanen spannten ein Seil mitten durch, und der Geiger war es, der seine Kunst daran zeigen sollte. Läublein hatte sich zu dem Pranger entfernt, putzte dem Trunkenbold wie einem Brüderchen die Nase. Endlich verstand er, kam heran und prüfte die brummende Saite des Seils. Er war hübsch, sein Gesicht voll lieber Güte kindlich rein. Lieber den Lindenast schritt er aufs Seil hinaus, lächelnd und leicht. Das Spiel mit dem Seil glich einer Schlangenbeschworung. Ruckwärts zog er sich an den Stamm zurück, ließ sich die Geige hinaufreichen und spielte im traumhaften Wandel. Er hielt sich an seiner Musik, die Musik war süß und traurig. Das Männlein im Pranger lehnte wie unterm Fenster und nickte nach seiner Möglichkeit;

Läublein war es zufrieden. Nämlich der Schulze war aufgebrochen und mit den Gästen zum Schwanensaal unterwegs; Läublein verblieb ein Häufchen Kinder, Jungfrauen und Bettler, deren Andacht ihm die lustigsten Dinge eingab.

Mittlerweile schmauste die Tafelgesellschaft. Vom Steuerbatzen der Armen spendete der Schulze aus höheren Interessen was ein Diplomatenfrühstück genannt wird, auch wenn es wie hier Pasteten und Wein und Kuchen noch im Abendglöcklein aufträgt. Das Glöcklein stimmte den Schulzen zur Schwermut. Unter dem Tische angestoßen, erhob sich die Madyarin und kam, sich den Fleischerladen anzusehen. Das Bankgeschäft mit dem Schattenseer Säckelmeister ging wie geschmiert vonstatten. Im Fleischerladen fraß die Madyarin von allen Haken und Stangen, als wäre das Diplomatenbankett ihrem Magen als Vorspeise eben recht gewesen. Einerseits aus Verliebtheit, ein wenig auch um den Raub zu behindern, tappte der Schlächter-Schulze nach ihren umfangreichen Reizen, erhielt aber, an dem Punkte, wo es der Schönen zu dick wurde, seinen eigenen Wurststecken über die Finger geschlagen, welche Liebespost seinem langsamen Verstande nachhalf. Am Ende aller Bemühungen, dem Schäferstündchen nicht näher, wechselte der Schulze von der Demut zum Groll hinüber, sah eine Weile noch seinen Fleischkäse schwinden ohne Aussicht, bezahlt zu werden – dann pfiff er jäh durch die Finger. In der menschlichen Erfahrung ist manches schneller erlebt als begriffen, die Fröschlacher werdend bezeugen, nachdem die Hand des Schicksals sie mit solcher Schroffheit von der Höhe zur Tiefe, aus dem Festsaal ins Kerkerloch, aus dem Glanz in die Nacht versetzt hatte. Denn auch Läublein kam nachgestolpert, und der Esel gar flog zu den übrigen.

NEUNTES ABENTEUER

Denn wie alles geschieht den Fröschlachern auch ihre Befreiung nur durch die Hilfe des Wunderbaren.

Mochten sie immer ihren angeborenen Vorteil, die Dinge durchschauen zu können, auf Spuren der Wahrheit hetzen, diesmal wollte er nicht ans Wild und hockte auf seinem Schwanze widerborstiger denn ein Köter, welcher die Ohren hängen läßt. Der eine Eingeweihte schonte sein Hirn mit Gedanken, aß lieber das Wurstbrät, das er im Fluge noch links und rechts aus dem Zinkblech gegriffen hatte. Ihre Umstände waren nicht rosig, die Aussichten wenn möglich noch schlimmer; die Stockfinsternis erblühte mit Traumgesichten, in denen die Heimat, Fröschlach, vom Monde zu leuchten begann. Die Faust an den Schläfen, starrten sie vor sich nieder und ließen die Tränen tropfen im Angedenken ihrer lieben Weiber, ihrer Stuben und Daunenbetten. Sie sahen die Bergstadt voll ihrer Hühnerschwärme, das Gegiebel aus Glas und Schnitzwerk, die Kapuzinerkrautgärtchen, den Mohn und die Wolfsmilch im Gemäuer. In der Moderluft schlotternd, sahen sie Fröschlach als eine Stadt aus grünen Kachelöfen, dickbäuchig mit Messingknöpfen und warmen Sandsteinbänken. Die zerknirschten Herzen lagen wie Nüsse mit dem Kern guter Vorsätze offen; alle Genügsamkeit und Zufriedenheit, alle Liebe und Rücksichtnahme schien ihnen leicht zu handhaben an einem Orte wie Fröschlach, welchen wiederzusehen sie von Gott im Gebet erflehten.

Der Pfarrer vernahm ihr Gemurmel lieber als Flöten und Geigen, denn die Furcht war sein Schäferhund, der ihm die Herde zusammentrieb. Abseits lag nur Läublein, der weder seufzte noch betete; selten hatte der Jüngling solch schönes Dunkel vorgefunden, auf dessen Grund seine Träume still wie Korallen wuchsen. Ihm wuchs seine Kathedrale. Auf dem Rücken liegend, die Hände unterm Nacken, sah er sie sich verästeln in tausend und tausend Spitzbogen, Pfeilern und Dornen, ein Gebirge von Steinwerk, voller Runsen und Rillen, Schuttkegel von Dach übersteigend mit schwindelhohen Türmen, an welchen die Tauben flogen, Kreuzrosen in farbigem Feuer, Tuffgrotten von Maßwerk und im Geklüft die Drachen, die

Greife, die Heiligen. Ein Musikus, träumte er Wohllaut, seine Kehle begann zu tönen.

Nun aber hatten die Fröschlacher sich um ihren Seelenhüter versammelt mit dem Anliegen, für sie zu beten; Läublein störte die Litanei durch sein Säuglingsgesäusel, wutentbrannt überfielen sie ihn mit Schlägen. Während er noch in der Finsternis sich das Blut von der Nase tupfte, machte sich schon die Wirkung der Fürsprache draußen bemerkbar. Die Fröschlacher jauchzten leise, als der Lichtstrahl am Türschloß erlosch wie der Täufer im Glanz des Gesalbten: blauer Nebel stand auf den Stufen. Ein Wirtsschild hing die Laterne an ihrem Arme herein, und ein Wirtshaus war es, was nachkam, niemand anders als das fröhliche Prangermännlein. Es suchte vor allem nach Läublein, blinzelte ihm zu, seine Geige aufzuheben – »Ein Dienst ist des andern wert«, sprach der Pförtner, »deiner hilft euch zur Freiheit, der meine mir wieder zum Pflock.« Sie folgten in seinem Branntwein. Die Hintertür, die er aufstieß, ging auf Schilfried und Sterne hinaus. Sie boten der guten Seele einen Fröschlacher Amtsposten an; der Alte zog aber vor, beim heimischen Trester zu bleiben. Sie gaben ihm denn die paar Taler, die ihr Esel in seinen Gedärmen für die Dankbarkeit aufgespart hatte. Und somit am Ende der Sorgen, stäubten die Fröschlacher ihre Finger ab, nach der Vaterstadt heimzukehren.

ZEHNTES ABENTEUER

oder wie die Fröschlacher flugs ein Stadttor erbauen und auch der Flug-
hunde Meister werden.

In der Fremde hatten sie eine Liebe zur Heimat gefaßt, auch gesehen, was die Schattenseer sich ihre Sicherheit an Türmen und
Toren, Pechnasen und Schildwachen kosten ließen. Die Fröschlacher waren fleißig, bebauten ihre Felder im Umkreis und verstanden aus allem Geld zu machen; daneben lebten sie fröhlich, ein
jeder mit seinem Sparren und tätig in tausend Vereinen, in denen
sie tanzten und sangen, bliesen und turnten, Kaninchen und Bie-
nenvölker und Briefmarken tauschten. Legte Schattensee Schale um
Schale seines steinernen Panzers um ein fröstelndes Leben, so sahen
die Fröschlacher herzhaft von Not und Gefahren ab. Pflasterte Spar-
ta an seinen Schanzen, dann Athen an der Häuslichkeit seiner Bürger. Rühmte sich die Vorsicht ihrer Zitadellen, so die Schwärmerei
der Akropolis eines Domes, der in den Mondnächten hoch wie auf
Wolken schimmerte. Fröschlach war gut dabei gefahren, nun zur
Kriegszeit freilich im Rückstand mit dringlichen Dingen, welche
nicht über Nacht aufzuholen waren; sie entbehrten vor allem ein
Stadttor wenigstens nach der Seite des Feindes hin.

Fröschlach hat seinen Namen von urältestem Anfang im Sumpfe,
aus dem es den Berg hinanstieg immer stolzer und reicher, mit zierlichen Adelshäusern, deren Geschlechter, wieder langsam verbau-
ernd, auf Zinsen der Altstadt wucherten. Diese obern Zehntausend
wohnten in Fröschlach entrückt hinter Butzenscheiben, abseits der
Gemeinschaft, an der Fröschlacher Narrheit nicht beteiligt, höchs-
tens mit ihrem Golde oder in Springinsfelden von Söhnen der Art
unseres jungen Klaus Hähnchen. Dieser Naseweis war es, der von
der Zuschauerbühne rufend das Stadttor gefordert hatte.

Die Fröschlacher machten erschrockene Gesichter. Es drückte sie
jetzt im Gewissen, keine Bastionen, nur ihre Kirche, keine Kasernen,
nur ein Freilichttheater statt des Exerzierplatzes angelegt zu haben.
Es drückte sie auch am Herzen, daß ihre musische Lebenshaltung
sich als ein Irrtum erweisen, die schönen Künste sie in der Not verlassen sollten. Der Stadtbaumeister erinnerte sich aber, dem Theater
vor Zeiten ein halbes Karthago entworfen zu haben. Sie gruben es

aus dem Schutt hervor, trugen, Kinder und Weiber, Stück für Stück der gewaltigsten Ringmauer vor die Stadt hinaus, wo die Zimmerer mit ihren Beilen einen Heidenlärm verführten. Die Aufrichtung des Torturms geschah unter Leitung des Stadtbaumeisters, also wie am Schnürchen, obgleich es die entsetzlichsten Ausmaße hatte und das Fallgitter ordentlich spielen sollte.

Fröschlach hielt sein Bollwerk wie einen Schild vor der Brust und blickte darüber hinweg so trutziglich, daß die Festungsbauer erschraken und anders nicht als auf Umwegen hinterrücks in ihre Stadt einzutreten wagten.

So bewehrt und versehen, rasteten sie aber nicht in der Umsicht, setzten sich vielmehr hin, um die Nücken des Feindes abzudenken und ihnen mit Weisheit zu begegnen. Nun ging ein Gerücht, er hätte die Neuerung eingeführt, auch aus der Luft anzugreifen mit wüsten Schwadronen sogenannter Flughunde, fledermausähnlichen Biestern, deren Biß mit Tollwut vergiftete. Der Furcht von Natur nicht unterworfen und schlimmere Bestien gewohnt, blickten die Männer fast böse auf ihre Weiber in Tränen. Wie nichts vermochte die Vorstellung dieser Vögel die hinfälligen Geschöpfe zu ängstigen. Schon hatten sich ihrer einige verschworen, in Männerhose zu gehen, wenn nichts Wirksames und Ueberzeugendes gegen den Flughund geschähe, den unter ihre Röcke zu bekommen sie nicht die leiseste Lust verspürten. Dergleichen Aengste belächelnd, erbarmten die Fröschlacher sich aus Mitleid des schwachen Geschlechtes, dem sie sein Teil der Mitsprache nicht versagten, und dachten auf tunliche Mittel, zu seiner Beruhigung zu handeln, auch wenn die fliegenden Hunde als Waffengattung undenkbar und Erfindungen der Kindlichkeit waren, die sich in Märchen auslebte. Der eigene kleine Argwohn genügte sich an der Verfügung, die der Stadtausrufer herumtrug, in der Meinung, daß sämtliche Fröschlacher Vogelscheuchen auf das Vorfeld der Festung zu pflanzen wären.

Sie erschreckten sich selbigen Tages abscheulich von einer Röte, die, indem sie beim Abendbrot saßen, mit feurigen Fittichschwärmen in ihre Stuben zündete. Sie schossen ein Gestrüppe von Pfeilen unter den Himmel, die Sonne versank in ihrem Blute.

EILFTES ABENTEUER

Sofern es eins ist, seinen Dom in die Stube zu nehmen.

Hatte Fröschlach dergestalt plötzlich sein Aussehn verändert, eine harte Entschlossenheit auch seiner Bürger herausgebildet, so blieb es nichtsdestoweniger doch immer Fröschlach, die Stadt der Eigenpersönlichkeiten, der unablässigen Kopfarbeit überm Tagesfleiß, der Schwärmerei, die der Sage nach dem Kuckuck in sein Wolkenheim nachgestiegen, die Akropolis, nicht zu vergessen, die in den Mondschein ragte und das Bewußtsein des Höheren in sich bewahrte. Die Fröschlacher hatten eiligst ihr Gold, doch als erstes die Glocke vor der Gefahr verborgen; etwelchermaßen mit ihrer Rüstung in Sicherheit, kamen sie auf ihre Herzensangelegenheit, auf den Dom zurück, den als Ganzes noch besser zu schützen sie unablässig in Gedanken beschäftigte.

Indessen weiß der Bauer aus Erfahrung, daß er, um ein Ding vor Wind und Wetter oder auch Diebstahl zu behüten, es nur hereinzunehmen braucht, und so kamen sie denn auf nichts Ratsameres als zurück auf den ersten Einfall: den Dom in die Stube zu flüchten. Einem Land in Gefahr bleibt als Letztes, sein Gedankengut aufzuteilen, seine Art in die einzelnen Herzen als einen Samen zu retten; von allen wird doch ein Krieger den grimmigsten Krieg überleben, das Vaterland ihm im Herzen zur Auferstehung gelangen. Also trugen die Fröschlacher ihren Dom bis auf die Grundmauern ab und verschleppten ihn an der Brust in ihre weltlichen vier Wände.

So ohne Kirche, am Ende der Vorbereitungen, zogen die Fröschlacher in rauschender Prozession durch die Straßen und hielten im Freien einen Bittgottesdienst ab, von welchem die Bergstadt in Weihrauch gehüllt noch bis gegen Mitternacht dampfte.

ZWÖLFTES ABENTEUER

Fröschlacher Niemandsland. Furcht ist des Helden rührende Kindheits-
blume. Epigonische Reminiszenz.

All dies getan, konnte Fröschlach daran gehen, seine ersten Kriegs-
handlungen vorzunehmen, welche der Erspähung des Feindes gal-
ten. Zwölf Mann stark zogen sie durch die Vogelscheuchen davon,
eisenrasselnd, mit den langen Stangen ihrer Spieße, wanderten bis
zum Abend, wo die Feldherrenklugheit erhöhte Wachsamkeit gebot, der Spähtrupp in Deckung schleichend oder auch sprungweise
vorging. Die Nacht wuchs im Grase, die Nacht schlug flaumige
Wogen, auf denen die Fröschlacher trieben. Das Dunkel stopfte sich
ihnen in die Augen, daß sie die Erde von ihren Händen verloren
und im Weltall zu treiben vermeinten; in Sternländer vorgedrun-
gen, fühlten sie sich mutig, den Kampf auch mit Zyklopen und
Titanen aufzunehmen. Als deren Schiff im Aether seinen Bugschna-
bel aufstieß, erglühte ihnen das Herz nicht von Kampflust allein,
auch vom Anhauch der Angst, die der Held zur Leistung der Götter
hinzunimmt – was ist Sieg ohne Gegner, was ist Tapferkeit ohne
Furcht? – die Fröschlacher hielten dem Augenblick stand, der mit
Geistergewittern hereinbrach. Denn welche Gewalten warfen die
Barke empor, welche Wikingerschilde glänzten an seiner Flanke,
welche Blitzesfracht trug sie heran auf den luftigen Wassern? Nur
ein Tor wird das menschliche Auge verhöhnen, wenn es vor der
Gewalt der Sonne die Waffen streckt, sich verhüllt; nur ein Tor kann
die Fröschlacher dafür schelten, daß sie mit ausgestreckten Gliedmaßen lagen und ihr Gesicht an der Brust des Dunkels verbargen –
auf dem vordersten Posten der Urwelt trotzend, wichen sie nicht,
klebten sie sich mit den Leibern fest, die Stellung der Menschheit zu
halten; sich eines übrigen zu vermessen, bewahrte sie Klugheit des
Lebens und die Mäßigung aus Verantwortlichkeit.

Die Heerscharen schienen denn auch in die Luft zu verpuffen,
wunderlich wirkungslos abzuprallen, als ein Staub in der Leere zu
verrauchen. Die Fröschlacher schickten den Blick nach dem Wüs-
tenschein, sahen den Mond in seinem Kristalle hangen und erhoben
sich auf die Knie in Bewunderung eines Prunksaals, zauberhaft
genug, dem Schöpfer zur Wohnung zu dienen. Wie auf Teppichen

traten sie ein und guckten sich darin um, das Haus nahm kein Ende und trug doch sein Dach mit dem Lüster ohne jedwede Säule noch Mauer; auch stieg es gewaltig hoch an ein Plafond von Lämmerwölklein, schimmerndem Schildpatt und Marmor, durch welchen Gestirne eines entlegenen Azurs strahlten. Wahrlich eine Eselin zu suchen waren sie ausgegangen und fanden dies Königreich Gottes, wie es denn immer der Unschuld und redlichem Fleiße beschieden ist. Fast schüchtern erschrocken, liefen die Fröschlacher lange, ihren Kriegshut an der Hand und eher froh, den Herrgott abwesend zu finden; so sehr als sie ihn liebten, so sehr scheuten sie ihn, und da sie den Gotteshund bellen hörten, auch einen Greis mit Strickstrumpf am Stab lehnen sahen, nahmen sie auf Zehen einen Umweg, den hohen Herrn nicht zu stören. Nur sein Hund kam herüber und beschnüffelte die Wanderer, wohlwollend und kindlich, was den Fröschlachern über die Maßen schmeichelte. Ihn zu streicheln oder ihm etwa Schnitze aus ihren Vespersäcken anzubieten, wagten die Fröschlacher aus schuldiger Ehrfurcht dem Gotteshund gegenüber nicht, auch wenn sein Herr mit dem Strickstrumpf, wie es ihnen später beifiel, nicht Gottvater persönlich, doch eben ein Glied des himmlischen Haushalts gewesen war. Das Land ging bergab, ging unmerklich über in Gehügel der Erde, wo sie die Helme aufsetzten, ging auf Heiden und Moore, durch den Menschenschlummer, ging in Wald hinein und in den Wellenschlag der Aecker. Hier sahen sie Gottes Kronleuchter hoch über sich erhoben und wollten es schier nicht mehr glauben, daß sie da oben gegangen wären; im Gedanken daran kam ihnen der Hunger, sie setzten sich auf den Pflug in den Furchen und aßen das Hühnerfleisch aus den Beuteln, die ihnen die Weiber aufgedrängt hatten. Sie schmatzten denn ganz vergnügt nach allen vier Winden wie der Einsiedler Röhrenbrunnen; das Kriegswerkzeug hatten sie von sich gelegt, überhaupt ihr Geschäft in der Nacht vergessen. Gesättigt, rülpsten sie frohgelaunt, schwatzten und lachten auf ihrem Gerüste. Doch wie ein Schwarm Staren jäh auseinanderfährt, stoben sie von dem Pflug in die Furchen nieder. Das Außerordentliche gewohnt, hatten sie sich nun erst wieder ihrer Absicht und also des Feindes erinnert, in dessen Mitte sie hier ihre Vesper hielten, als wären sie Hamburger Zimmerleute. Nun, auch der Krieg lebt aus einem Viertel Gutglück; die Fröschlacher hatten ihr Teil bezogen und Grund, umso geiziger hinfort auf das Leben zu achten.

Sie schleppten es kriechend an das Ende des Brachfelds, wo sie in Deckung von Rübenkraut kamen. Sie liefen darin gebückt mit den Lanzen, nicht zu lange, um noch zeitig ein Nest von Helmen zu erkennen, in denen denn erstmals der Feind seinen Fühler gegen die Fröschlacher vortrieb. Indessen waren sie selber nicht als ein Kriegsheer, sondern zur Auskundschaftung in dem Gelände erschienen; das Häuflein sich duckender Hasenfüße aber getrauten sie sich unter der Hand zu nehmen, schwangen also nach kurzem Besinnen ihre Spieße hinüber, schossen auch so vortrefflich, daß es von splitternden Hirnschalen krachte und ein Lanzen-Igel wutzitternd sich über sein Opfer sträubte. Die Sieger gingen aufrecht wie Jäger zu ihrem Hunde nach der Walstatt hinüber, sahen nicht ohne Grausen den roten Most von den Leichnamen fließen; ein Schädel drehte sich unter dem Speerschaft, grauenvoll wach in seinem Witz, sich den Ueberwinder noch anzusehen, aber ehrfurchtgebietend wie eben die Todesverachtung, die mit dem Pfeil in der Brust unter Traumesschleiern Gebärden des Lebens fortsetzt.

Freilich erwies es sich, daß die Fröschlacher fürs erste im Uebereifer der Mordlust vorgegangen waren und ihre Stärke an besseres nicht als einen Kürbiswurf, der hier faulte, verschwendet hatten. Sie setzten trotzdem ihren Fuß auf die bleichen Häupter, den Sieg auszukosten, drehten sie unter der Sohle nachdenklich ekelvoll und verabsäumten nicht, auch Gott im Gebet zu danken, indem sie den Helm vor die Brust herabnahmen. Wäre es der Feind gewesen, leicht läge der oder jener nun selber in seinem Fröschlacher Blute.

Ein Erfolg auch vor Kürbissen stärkt nun einmal das Vertrauen. Der Faden ist nur ein Faden, doch dem Schiffstau entfernter Vetter, der Sinkende greift nach dem Faden; ähnlich ist der geringste Sieg in der Hand ein Versprechen auf den bessern, die Fröschlacher hatte der ihre mit froher Begier erfüllt, sich auch im Ernst zu bewähren. Die Gelegenheit führte ihre Geduld nicht an der Nase herum; auf ein Torfried vorstoßend, sahen sie sich unverhofft einem unabsehbaren Zeltlager, also der Hauptmacht des Feindes gegenüber, welcher der Nachtruhe pflegte in der Obhut nur weniger Posten. Im träumenden Heimgedenken stützten sie sich auf die Picken, erhoben das Antlitz ins Sternenlicht und hatten kein Arg in der Nähe des spähenden Todes, also daß es die Fröschlacher rührte, beinah ein Heimweh sie nach der Mondstadt zog und sie beschlossen, desgleichen allda zu rasten, umso eher als der Anblick des Schlafes sie auch zum Gähnen brachte und der Moorgrund mit duftenden Polstern die Wandermüden verlockte. Nur, sie wußten nicht um die Art und Gesinnung, die, nun in Ketten des Schlummers, gegen sie aufstehen konnte. Den Fröschlachern fehlte nicht der Verstand, sich die Bewohner der Feldherrenzelte auszumalen, welche da und dort noch in den fernsten Quartieren Streustöcken ähnlich über das Lager aufstrebten. Es roch ihnen ordentlich in die Nase mit Sammetvorhängen und Troddeln, das Mondlicht blitzte mit Silber von Brokat, mit Rubinen und Amethysten auf Türkensäbeln, und mit Händen zu greifen lag in der Luft ein Wohlgeruch köstlicher Aschen. Prachtliebende Potentaten sind freilich grausam, doch meist der Bestechung zugänglich, ein Umstand, der Fröschlach zur Hoffnung berechtigte, sich mit dem Tribute loszukaufen, den seine Gesandtschaft als eine Goldkürasse unter dem Harnisch im Wamse führte.

Zur Audienz unzeitig gekommen, zogen die Fröschlacher sich von der Zeltstadt zurück, einen günstigen Ort der eigenen wohlverdienten Ruhe ausfindig zu machen. In diesem Bestreben klommen sie einen Hügel hinauf, wie so oft in der menschlichen Blindheit nicht ahnend, daß sie vom Schoß der Geborgenheit schnurstraks zum Gegenteil, zum Verderben hinüberwechselten: über den Rand hinaus starrte ein Heerzug von Spießen! Das Grundgesetz aller Kriegskunst gebietet, niemals die kostbaren Kräfte an das Sinnlose zu vergeuden; die Fröschlacher wichen zurück vor der Uebermacht. Ohnehin waren sie nur widerstrebend über die Mulde hinausgegangen; sie kehrten zurück in die windstille Kammer, legten die Häupter auf Herbstzeitlosen; in Zuneigung für die Fröschlacher voreingenommen, zog der Mond seinen Schattendamast über sie, und sie schliefen.

Sollte die Chronik seiner Taten noch nicht hinlänglich die Heldenart Fröschlachs erwiesen haben, so wird diese Kindesunschuld, diese fast liederlich zu nennende, jedenfalls gewagte Unternehmung, dem Feind vor der Nase zu schlafen, und geräuschvoll zu schlafen! den letzten bösmeinenden Zweifel beheben. Sie schliefen geräuschvoll nicht allein durch Schnarchen, welches nur die Stimme vollkommenster Wurstigkeit der Gefahr gegenüber ist, sie schrien und balgten in Träumen, hieben im Wahne, Bruder auf Bruder, mit Fäusten ein, kreischten wie Katzen und jagten einander, alles nicht wissend und gaukelhaft, bald wieder schlafschwer vereinigt im Durcheinander der Beine, den Kopf auf dem Bauche des Nachbarn. Gegen Morgen kam ihnen ein Traum, daß die Flughunde aus der Luft herabstießen, mit dampfendem Atem nach ihren Gesichtern leckten und krächzend und flügelschlagend um ihre Ohren peitschten. Den Kriegern aber war es auferlegt, sich auch nicht rühren zu können; den Flughunden schäumte der Geifer von dornigen Zungen, deren Berührung brannte. Zum Bewußtsein dämmernd, erkannten die Fröschlacher sich als vom Feind überrascht, inmitten von Beinen und Dolchen, sprangen auf die Füße und in der Trunkenheit brüllend wohin es sie eben führte, der Feind im übrigen nicht minder, erschrocken vor solcher Beschlagenheit, und die Fröschlacher droschen auf ihn ein, daß den Kerlen der Säbel am Hintern flog. Der Kuhhirt hatte zu laufen, seine Herde wieder zusammenzutreiben; die Fröschlacher standen bebend vor Angriffslust, und der Hirt ging von einem zum andern, für sein Vieh um Verzeihung zu bitten, ein treuherziges Wort bei den Herren Landsknechten einzulegen. Wenn schon bei Licht besehen es wiederum nicht der Feind war, so war es doch mehr als ein Kürbisfeld, nämlich eine Herde Rindvieh samt Gänsen gewesen, der Kriegsgeist der Fröschlacher diesmal so bald nicht zufriedenzustellen; sie schlossen sich denn um den Bauern, ihn als Geisel gefangenzunehmen. Ihrem Klagegeschrei nach zu schließen, schienen's die Gänse zu wittern; nun war aber, wie wir wissen, Hirngewitter auf Gänse versessen, hatte auch Schattensee ein Pärchen unter den Armen entführt und befürchtete, durch übertriebene Härte möchte der Ganshirt störrisch und ein Handel gefährdet werden, um den seine Seele bangte. Unter Führung des Bürgermeisters nahmen sie die Gelegenheit wahr, dem Kriegsgefangenen ihnen dienliche Geständnisse abzupressen. Als erstes sollte der Hirt ihnen sagen, auf welche Stärke er die Heermacht am Hügel schätzte. Auf gut dreitausend Rebstickel, erwiderte er so bewandert, daß die Fröschlacher Blicke tauschten im Besitz des verkappten Spitzels. Wie hoch sich die Zelte drüben in ihrer Zahl beliefen? Torfstöcke zu zählen brauchte es einen Astronomen, er wäre ein armer Viehknecht. Den Viehtreiber wollten sie dem Erzspitzbuben unter die Nase reiben; sie führten ihn gebunden hinüber. Die Enttäuschung im Anblick des Torfmoors verleidete ihnen den Krieg als Ganzes; umgänglicher und an den Fesseln rückend, fragten sie den Bauern kurzheraus, wo die Streitmacht des

Feindes stünde. Zurzeit wohl an ihrem Ziele. Das Kriegsgericht erschrak. Vor Fröschlach? In Byzanz. Die Lothringer waren vor Jahresfrist durchgezogen, höflich und singend. Die Gänse, in ihrer Neugier überall zur Stelle, wunderten sich mit den Fröschlachern. Artig genug, auf Irrtümern nicht zu bestehen, baten sie den Gefangenen, ihnen die erfahrene Unbill aus dem Kriegsrecht nachsehen zu wollen. Der Ratsschreiber trug denn sein Ganspärchen nicht als Beute, sondern rechtmäßig erstanden und in schöner Sinnbildlichkeit der eingefangenen dicken Ente unter seinen Armen nach Fröschlach.

Den Weg dahin gehend, drehte das Schärlein sich fortgesetzt in den Hälsen, was einen entehrenden Irrtum aufkommen lassen möchte, den zu zerstreuen die bessere Kenntnis ebenso wie eine begreifliche Herzensneigung zu Fröschlach den Chronisten verpflichtet. Es war nicht die Furcht, die unsern Kriegern im Rücken folgte, es war ein Schneegebirge aus Wolken, ihrem Glauben nach die Wohnstatt des Kuckucks. Indem der Spottvogel doch insgeheim auch als das Wappentier ihrer Liebe, als Lockvogel der träumenden Neugier in der Geschichte der Fröschlacher mitging, unterstanden sie der Verführung, der vorzeiten die Ahnen erlegen waren, das nun freilich Närrische, nämlich Unmögliche zu wollen. An der Spitze der Zeiten, Kinder der Aufklärung, versuchten die Fröschlacher im Ernste nicht, die Kuckuckshöhe zu ersteigen; es beschäftigte sie aber in Gedanken, und die Schwermut, der sie mählich verfielen, hatte metaphysischen wie säkularen Ursprung: metaphysisch war ihre Hypochondrie als Trauer der menschlichen Ohnmacht, säkular der Kleinmut aus Erinnerung früherer Lebensalter, deren himmelstürmende Kindlichkeit noch das Gelächter in Kauf nahm. Vom Straßenstaub mehlig, ruhten die Helden in einer Waldlichtung und sahen die Wolken durch Sträucher zum Greifen nahe, also daß ihnen das Herz in den Hals hinaufschlug. Sie führten eine Unterhaltung darüber, welche Wege die Vorväter möchten genommen haben, in das Traumland hineinzugelangen. Es ging die Sage, nach der ein jetzt nicht mehr vorhandener Himbeerschlag den Zugang ermöglicht hatte. Der Ort, an welchem sie lagerten, kam den Fröschlachern fast so vor als hätte er das Wesen an sich; er war nur in den Jahrhunderten verwildert, wie ein römisches Heiligtum zerfallen; es stand noch die Föhrensäule – mit der unverfänglichsten Miene hießen die Fröschlacher ihren Lehrling, das Kapital zu erklettern. Läublein behagte sich im Gewölke, lag mit den Händen unterm Nacken, von den einsamen Lüften gewiegt. Die Meister erzürnte sein tatenloses Verweilen, sie schreckten ihn barsch herunter. Zu fragen nicht mutig, trugen sie ihm beides mit Groll nach, seinen Einblick in das Kuckucksjenseits, wenn er ihn gewonnen hatte, andernfalls die Unbrauchbarkeit des Träumers. Er hatte des Schreibers Gewaffen auf sich, Hirngewitter eine Gans unter jedem Arm, die Hand für Maulschellen nicht frei, weshalb er den Lehrling mit dem Fuße von hinten trat, daß er stolperte.

DREIZEHNTES ABENTEUER

Besteht eigentlich aus ihrer mehreren, in Kapitel dreizehn durch Tücke der Kabbalistik nicht durchwegs glücklichen. Aber Fröschlach getröstet sich dessen. Wir lernen die Thorliker kennen.

Fröschlach hatte einen Rest in der Staatstruhe, das Pfand im Altar, den an die Bürger verteilten Goldtaler und also auch deren Tribut behalten; das übrige lag in sicherem Gewahrsam, bis auf die Schattenseer Anleihe, die abgeschrieben wurde. Für Kriegszeiten war das ein Verlust, mit welchem Fröschlach geradezu schmerzlos weggekommen wäre, hätten nicht ausgerechnet die vermaledeiten Schattenseer, diese Panduren und Analphabeten, diese Heuneger und Knoblauchfurzer den Nutzen davon gezogen. Die Fröschlacher sannen auf Mittel, ihnen den Raub wieder abzunehmen, so weit als dieses Volk von Korbflickern und Mardern, Schmugglern und Wilddieben, Schnapsgurgeln und Messerstechern ihn nicht in der Zeit vertan hatte. Der neuen Sachlage gegenüber gebot es sich als erstes, die Glocke wieder zu heben und das Gold in der Landschaft einzuholen. Freilich fehlte es nicht an Stimmen, welche dazu rieten, die Heimkehr des Feindes abzuwarten, von dem sich Fröschlach zu versehen hatte, daß es dann seinen Besuch erhielt; die Mehrheit blieb aber der Meinung, so schwarz zu sehen verbiete das Gottvertrauen, der freundliche Sinn des Feindes hätte sich klar erwiesen – sie wollten den Schatz beisammen wissen, und darauf ungeduldig, machten sie sich noch an dem Abend auf die Beine, ihr Guthaben bei der Schwarzenbacher Kanalbank abzuheben.

Die nun fälligen Abenteuer ihrer Reihe nach säuberlich wie bisher zu notieren, erwachsen dem Chronisten aus dem Umstände Schwierigkeiten, als deren Ablauf nicht in der Uebersichtlichkeit und Geläufigkeit vonstatten gegangen und der Welt bekannt geworden ist wie der im allgemeinen ungeduldige Leser sie gerne aus Büchern entgegennimmt. Wenn ihm die Vorgänge geordnet in verhältnismäßiger Kürze zur Kenntnis gebracht werden können, so dankt er das einem zähen, langwierigen Prozeß der Mitteilung in Gerüchten, Hänseleien, Gerichtsverfahren, nicht zum wenigsten aber dem Fleiß des Chronisten, welchem keine Mühe zu viel war, der Wahrheit in Archiven und Geschichtswerken nachzugraben.

Vorausnehmend kann ihm die Bitternis nicht erspart werden, welche die Fröschlacher selber bis zur Neige zu kosten bekamen, nämlich in der Erfahrung, daß die Gesamtheit der Hinterlagen zum Kuckuck gegangen war!

An der Capuletschen Familienfehde zerbrachen Romeo und Julia; die Feindschaft zwischen Fröschlach und Schattensee ließ eine Annäherung der Geschlechter ebenso wenig zu, doch verkrachte von dem einen zustandegekommenen Liebesverhältnis nur die Schwarzenbacher Kanalbank. Ein Jüngling von Schattensee, Sohn des dortigen Bürstenmachers, also mit Reichtümern nicht gesegnet, traf sich mit einer Fröschlacher Lebküchnerstochter im Schilfried, wo sie, vor Augen und Ohren geborgen, meistens im Zanke zusammensaßen. Es war dies die einzige Möglichkeit für das Pärchen, ein wenig die Eheleute zu spielen, denn als solche zusammenzukommen, durften sie im Leben nicht hoffen; auch liebte das Mägdlein die Händel, durch die allein es ein wenig Bewegung in sein Fröschlacher Dasein brachte, und dann, er überschätzte beständig die Hablichkeit ihres Vaters, welche wohl angenehm, doch nicht so war, daß eine Mitgift für sie davon abfiel, hinreichend, die Pläne zu verwirklichen, mit denen er ihr in den Ohren lag. Sie gingen kurz gefaßt dahin, daß der junge Mann bei dem Schwiegervater als von Basel stammend ausgegeben werden, das Hochzeitspaar eben dahin übersiedeln und ein Bürstengeschäft übernehmen sollte, das zu erstehen die Mittel dann vorhanden wären. War es nun, daß die Tochter, der Lüge abhold, den Lebküchner nicht hintergehen oder schlechtweg in Fröschlach bleiben wollte, der Streitfall fand keine Bereinigung, blieb vielmehr durch Jahre und Jahre die Fundgrube ihrer Unterhaltung, um die sie denn nicht wie gemeinhin die Liebesleute der Gegend verlegen waren. An dem Abende hatten sie's satt bekommen und gingen schon halbwegs entschlossen, die Bekanntschaft abzubrechen, als sie die Ruhebank erblickten, auf welche sie sich aus Müdigkeit der Schwermut und im Unfrieden niederließen. Der Jüngling, im Herzen bedürftig, seine bessere Regung zu betätigen, legte die Hand auf das Kätzchen, das nicht geflohen, sondern mit lieben Oehrchen zwischen ihnen sitzen geblieben war. Er streichelte einmal darüber, die Knochigkeit des Tierchens bewog ihn, es anzusehen; von dem Sprung aber, in dem er auffuhr, krachte das Brett mitten durch.

Die Fröschlacher jedenfalls suchten vergebens die Grasbüschel ab; die Bank hatte schlechte Zinsen gegeben, und seufzend gingen sie weiter, ihren Eselsmist heimzuholen.

Das aber hatte schon bei Anlaß des afghanischen Gastspiels ein Schattenseer Büblein in aller Stille und Emsigkeit mit seinem Stoßbährchen besorgt. Das Märlein vom Tischchen deck dich und Knüppel aus dem Sack brachte es auf den Gedanken, der goldmachende Esel möchte die Gepflogenheit auch früher schon betätigt haben; auf den Zirkus verzichtend, schlüpfte es zwischen Hosenrohren und Röcken der staunenden Narren davon, bevor ein an Kräften Ueberlegener dieselbe Neugier verspürte. Das Kerlchen glaubte nur Fastnachtsflitter in seinem Kistchen einzubringen, doch um diesen noch ungleich besorgter, überpflasterte es seine Ladung mit Roßmist, um sie unbehelligt an der Schildwache vorbeizubringen. Erst sein Vater, ein Ziegenbäuerlein und geplagt mit einer Stube voll freilich recht aufgeweckter Kinder, erkannte die Art der Münzen und legte die Hand auf das Kuckucksei, zum großen Schmerz seines Finders, welcher heulte, sich aber zum erstenmal im Leben abgeküßt und mit Versprechungen märchenhaft überhäuft sah.

Die Erscheinung, daß um die Zeit ein merkliches Wohlergehen da und dort ganz unbegreiflich hervortrat, zeigte sich auch in Thorlikon, wo die Fröschlacher zuschlagen und einen Geruch der Wahrheit in die Nase bekommen konnten; denn wo sie auf Spuren ihrer vormaligen Nachtgänge stießen, suchten sie völlig ergebnislos. Einzig der Acker hatte sein Pfand treu bewahrt und gab ihnen alles wieder aus seiner samtenen Erde heraus.

Von Thorlikon muß man wissen, daß es das Ost-London Fröschlachs, sein Dreck- und Lausviertel war, ihm politisch zugehörig, wenn auch gottlob hinter Wald und Hügeln für sich gesondert. Was Fröschlach vor der Welt, galt Thorlikon vor Fröschlach: als ein Idiotikon der Narrheit. Was der Kuckucksruf in Fröschlach, bewirkte Kälbergebrüll in Thorlikon: daß die Bauern mit ihren Mistgabeln vor die Stalltür liefen. Bloß, die Fröschlacher waren die Herren, vor welchen sich die Erbosten zu ihrem Vieh zurückzogen, während schon mehr als ein Thorliker Kuckuck am Galgen von Fröschlach gebaumelt hat. Thorliker Witze wurden in Fröschlach am Stammtisch bewiehert. Wir führen ein Musterchen an zur Kennzeichnung der Dorfschaft, mit der scharf ins Gericht gegangen zu sein wir Fröschlach dann leichter verzeihen: Einst wollten die Thorliker ein Rathaus bauen, brachten es aber nicht unter, auch fehlte es ihnen an Steinen. Also rissen sie ihre Häuser ein und mauerten an deren Stelle eines, in welchem sie Rates pflogen, wo sie hinfort mit ihren Flöhen schlafen sollten. Indem sich ein anderer Weg nicht zeigte, brachen sie auch ihr Ratloshaus ab und verwandelten es wieder in Ställe. Seither heißt denn auch eine schiefe Sache unternehmen oder rückgängig machen, überhaupt einen Strumpf umdrehen: ein Thorliker Rathaus bauen. Die Thorliker, sagte man, hätten in ihren Tenntoren Löcher ausgesägt, ein größeres neben kleineren, für die Katze mit ihren Jungen. Da sie mehr Flöhe als Ochsen besäßen, hätten sie eines Tages den Tausch vorgenommen, die Flöhe im Stall anzubinden und die Ochsen im Bett auszusetzen. In Thorlikon würden die Gesetze deshalb so streng gehalten, weil sie unter sich keinen Stadtausrufer ohne den Mangel des Stotterns fänden, also die Befehle stets im Doppel zu Ohren bekämen. Desgleichen die Predigt, weshalb sie so fromme Christen wären, eher die Krätze als einen Batzen anzunehmen.

Der Mensch sagt manches, von dem er das Gegenteil tut. Der Leumund der Thorliker schützte sie nicht davor, plötzlich des Diebstahls bezichtigt zu werden. Das halbe Dorf saß im Fröschlacher Zuchthaus, und die Verhaftungen hörten nur deshalb schließlich auf, weil in der Welt nichts so treu als das Ungeziefer ist. Ein jeder Dukaten zog in der Eskorte eines Floh-Regiments nach Fröschlach. So aber war hier die Bewaffnung auch damals nicht gemeint gewesen, als man sie noch für wünschbar hielt. Um wieder schlafen zu können, anerbot sich der Fröschlacher Adel, den Ausfall an hinterzogenen Steuern zu decken, wenn nur mit der furchtbaren Einfuhr umgesteckt würde. Dazu verstand sich die Obrigkeit in Berücksichtigung des Thorliker Schwachsinns, fremdes Gold nichtsfragend in ihre Laubsäcke zu stopfen.

Nach dem Drachenstein schickten die Fröschlacher einen zum Strang verurteilten landfahrenden Schelmen, dem sie die Chance gaben, den Lindwurm schlafend anzutreffen und mit dem Schatze sich auszulösen: Der arme Teufel kehrte von seinem Gange nicht wieder, und der Pfarrer las ihm aus Gutherzigkeit eine Messe.

Beträchtlich geschädigt, trösteten sie sich an der Glocke, die keinem Drachen war umgehängt worden; doch hatten sie, wie es die Art der Gedankenvollen ist, nicht mit der Hinterlist gerechnet, welche darauf verfallen könnte, das Merkzeichen von dem Boote zu tilgen. Sie stocherten umsonst, von Schattensee angefeuert, mit ihren Stangen im Wasser herum.

VIERZEHNTES ABENTEUER

in welchem der Dom wieder aufgeführt wird, Schattensee seine Freund-
schaft in einem Präsente anbietet und die Fröschlacher das Kind mit dem
Bade ausschütten.

Etwelche Verstimmung im Volke war unverkennbar, weshalb es die
Regierung für gegeben erachtete, den Bürgertaler nicht wieder ein-
zufordern; die freundliche Gebärde tat denn auch ihre Wirkung,
daß ganz Fröschlach den Dom aus den Häusern brachte und singend und fleißig dabei war, ihn in seiner alten Gestalt wieder aufzurichten. Ach, ein dankbares Volk ist mit wenigem zu beschwich-
tigen.

Auch Schattensee staunte herüber, wie nun Fröschlach in seiner
Herrlichkeit erstand. Es ertrug die Feindschaft mit einem so unver-
wüstlichen Nachbarn nicht länger und schickte zur Vollendung des
Domes mit einem Geschenke herüber, durch das es seinen Willen
zur Aussöhnung christlich bekunden wollte. Auf den wahrhaft
historischen Vorgang blickte das Volk von Fröschlach argwöhnisch
und gerührt zugleich. Die Gabe in Form einer Turmuhr wurde fei-
erlichst übergeben und fröschlacherseits in mehreren Reden ver-
dankt. Als Erkenntlichkeit hatte die Abordnung einzig für sich erbe-
ten, daß das Werk nicht früher als zum Einweihungsfest in Gang
gebracht werden möchte. Feinfühlig für solche Würdigung ihrer
Feier, verneigten die Fröschlacher sich abermals vor den Boten, was
einer Versprechung gleichkam. Der Feind in Byzanz war vergessen,
das Stadttor wieder eingezogen, Fröschlach das Fröschlach von
immer, doch für den Tag voller Fahnen: Den gewohnten Dom fast
vergessend, machten sie ein Aufhebens fast nur von dem Uhrwerk,
das mit der zwölften Stunde ein neues Zeitalter verkünden, der
Gebrechlichkeit des Vergangenen, Unfrieden und Unrecht zu Grab
läuten sollte.

Die Flughunde, wären sie eingefallen, hätten nicht wie das nun
Geschehende Schrecken verbreitet; schreiend, die Hände auf den
Ohren, jagte die Menge auseinander, nachdem sie mit allen ihren
Augen so gläubig und fromm nach dem Zifferblatt aufgeblickt hat-
te: Zum Stundenschlag sprang das Türchen daran auf, schoß ein
Vogel in der sieghaften Höhe hervor, reckte sich, verneigte sich

über Fröschlach zwölfmal, und zwölfmal stieß der fremde Kuckuck seinen Frühlingsruf über die Stadt aus.

Die Wut in den Häusern wandte sich aber nicht gegen Schattensee, sie wandte sich nach der Spieluhr um; ihr galt die Zerstörung, mit welcher Fröschlach über den Gegenstand seiner zerfallenen Freudigkeit herfiel: denn sie schlugen nicht allein den Kuckuck, sie schlugen die Uhr und ihr Gehäuse, schlugen den Turm zu Stücken und hielten im Rasen nicht inne, bis ihr Höchstes und Heiligstes, nie wieder Nachzunehmendes, bis der Dom in Gebröckel darniederlag, wie ein Schwan vom Blutrausch zerrissen.

Darnach strömten sie von dem Trümmerfeld ab, verkrochen sich in ihre Kammern und weinten.

FÜNFZEHNTES ABENTEUER

Für Fröschlach wohl ein Abenteuer, weil einmal gar nichts darin geschieht.

Schattensee hatte im Röhricht gelegen und den grausigen Vorgang mit angesehen im Reumut von Kindern, die ohne eigentliche Bösartigkeit nur ein wenig necken wollten und nun die Heimstatt der spielweisen Widersacher hellicht in Flammen gewahren. Wie Kinder unternahmen sie nichts zur Rettung, drückten sich vielmehr beizeiten, sich der Strafe zu entziehen. Lange noch sahen sie den Taubenrauch kreisen.

Fröschlach sann nicht auf Rache. Seine finstere Trauer entsetzte die Fremden mehr als wenn es mit Schwertern und Sensen ausgebrochen wäre. Sein Dom war dahin, sie schenkten dem Schotterplatz keine Beachtung mehr, aus dem Glaubensgeheimnis vielleicht, aus welchem die Totengärten der Juden vergrasen. Oder schämten sie sich? Hatten sie einen Blick in die eigene Tollheit getan und den Mut zu sich selbst verloren? Schattensee hat es leicht. Leicht hat es jeder, der sich im Alltag bescheidet, sich ans Leibliche klammert und den Abenteuern der Seele ausweicht.

Die Fröschlacher hatten sich verschworen, sie auch inskünftig zu meiden. Wenn es nichts war mit dem höheren Streben, wenn der Genialität der Phantasien zu folgen nur in Gelächter und Schabernack, in Verlust und Schmerzen hineinführte, wozu sich dann plagen, wozu einer Menschheit, die nur fraß und verspottete, das Abbild des Geistes aufrichten? Den Enttäuschten in ihrem Bedürfnis nach Gewöhnlichkeit kam ein Nachherbstwetter von ordentlicher Sommerlichkeit zustatten, wie denn überhaupt in Fröschlach die Jahreszeiten weniger nach dem Kalender als nach dem inneren Zustand seiner Bewohner fielen, also daß ihnen Kirschen neben Eiszapfen hingen, das Kornfeld durch Frostblumen dämmerte, der Kuckuck auf Schneebäumen nistete – der Sonnenkorb schüttete Bläue auf Bläue, eine Bläue von Ostereiern, der Ginster trieb wieder Blüten, zwischen Säulentrommeln des Parthenons stiegen Königskerzen und Enzian, und man sah die Fröschlacher liegen, einen Schnallenschuh unter dem Himmel, den Grashalm im Munde drehend; auf Kapitalen und Kranzgesimsen saßen die Satyrböcklein, bliesen die Flöte, dudelten auf Schalmeien, jagten sich wohl auch mit Schäferinnen, und kein Mensch schob den Hut von den Augen, wenn im Akanthusgebüsche kitzlige Lustbarkeit jammerte.

Auch die Ratsherren, auch Hirngewitter und der Kanzler – vorbei mit Nachtmärschen und Schweiß und Lungenstechen: Hirten Arkadiens, schlangen sie sich das Lammsfell über die Achsel, lächelten auf ihr Spiegelbild in den Tümpeln nieder. Stoffels Ziegengesicht grinste panisch aus Papyrosblättern. Der Stadtbaumeister stand mit Zirkel und Rolle sinnend in Tempelfragmenten. Der Priester schürte auf Marmoraltären gelbes Rauchgebrodel.

Die Vertracktheit des menschlichen Wesens will es, daß oft die Unmündigen Dinge erblicken, um die sich die Schauenden lebenslang mühen. So auch war zu gewissen Zeiten – immer dann, wenn der Föhn in die Wasser zündete – klar wie auf Sammet einer Vitrine die Glocke von Schattensee aus zu sehen. Den Fröschlacher armen Narren eine Gefälligkeit zu erweisen, zogen sie sie aus den Fluten und fuhrwerkten sie nachts hinüber. Allein, so sehr hatten sich die Verblendeten dem Heidentum ergeben, daß sie ihr einstiges Heiligtum nimmer erkannten, am Fröschenteich blieb es stehen, so wie es die Schattenseer schlecht und recht abgesetzt hatten, und niemandem war es nütze als nur den strolchenden Hunden, welche ihr Bein hinaufhoben, desgleichen einer alten Kröte, die unter der Glocke wohnte.

Sechzehntes Abenteuer

*welches zwei Käuze allein bestreiten, mit Gedanken und Mutmaßungen
mehr als in kühnen Unternehmungen, an denen sie es aber auch nicht
fehlen lassen.*

Läublein und Hähnchen sollen uns nicht in der Zeit der Verwirrung
durch die epischen Maschen schlüpfen, im Gegenteil ist von ihnen
nicht Weniges und noch weniger Beiläufiges in der Erzählung
nachzuholen.

Jeder auf seine Weise nie recht im Handeln dabei, Läublein aus
Verträumung und Eigenbrödelei, Hähnchen durch seine spöttische
Nüchternheit, hatten die beiden sich gelegentlich des Dombaues
und vollends beim Sturm auf die himmlische Zion in Fröschlach
endgültig unmöglich gemacht. Läublein in seiner Eigenschaft als
Maurerlehrling hatte dem Stadtbaumeister, seinem Herrn, unauf-
hörlich am Zeug geflickt, unlustig dazu, in den Stapfen der Väter zu
treten statt die Gelegenheit zu nützen, den eigenen Einfall hinzuzu-
tun und in eben dem guten Grundriß nun die Kathedrale lieblicher
und höher auszuführen. Klaus half ihm mit seinem Beifall, aus
Freundschaft und gleichem Rebelliergeist. Die Fröschlacher traten
herzu und guckten in Läubleins Zeichnung. Er hatte darin mit Sil-
berstift seinen Traum einer Kirche aufnotiert, ein Spitzengewebe
gekritzelt, das einem zierlichen Ahornwald mit seinen Aesten und
Aestchen ebenso wie einem Eisblumenfenster ähnelte. So der Natur
nachzubauen, lag damals im Drang der Künstler und hatte schon
mehr als ein Wunder des Stils hervorgetrieben, Läublein unbekannt,
er hatte noch nichts von Chartres, nichts von Reims oder Straßburg
vernommen, den Geist aber eingeatmet, die Lauge der Träume ge-
duldig wie eine Mutter ihr Kindlein unter dem Herzen getragen;
mählich hatten die Träume begonnen, sich in Stäbchen und Stern-
chen, Kreisen und Bogen, Rippen und Gittern wunderfein auszu-
scheiden, ihm selbst zur Verwunderung, ihm eine Gewaltherrschaft
der Schönheit, die von seinem Kopfe Besitz ergriff nicht viel anders
als von den Thorliker Köpfen die Läuse; er ging endlich voll davon
und fand es so sehr die Natur wie eben die Thorliker ihre Läuse.
Gleich ihnen kam er in Treuherzigkeit zu den Menschen als unter
seinesgleichen und fiel wie aus Wolken in der Erfahrung ihres Be-

fremdens, ihres Auflaufs, ihrer zausenden Fäuste: Sein Gotteshaus mißfiel, sie fanden es eine Verrücktheit, so gehäkelt zu bauen; der Magister Nasenspitz hielt einen Vortrag vor Allen im Namen Aller, des Inhalts, daß der Geist Babylons hier in der Tarnung sich wieder zur Herrschaft melde, derselbe Hochmut, den Himmel in Bauten zu stürmen, nicht zu reden von der Plattheit des Einfalls, sich die Arbeit leicht zu machen durch Uebernahme von Formen der Natur – dabei zeigte er sie mit dem kleinen Finger darin auf, Schnecken und Rosen, Schneekreuze und Bärenklau, und er sprach gut, der Magister Nasenspitz, so sehr überzeugend, daß Läublein zu Tod erschrak und es halbwegs zu verdienen glaubte, als der Magister ihm seine Rolle in kalter und tadelnder Zurechtweisung wie eine Rute übers Ohr hieb. Hähnchen freilich sprang dem Magister an den Kragen und ließ davon ab nur durch Bitten und müde Gebärden des Freundes, der sein Papier zusammengeknüllt und in den Hemdlatz verborgen hatte, dem Weinen nahe und willig, seine Sklavenarbeit wieder aufzunehmen. Der Bau ging denn weiter und gedieh zu männiglichs Wohlgefallen; Läublein aber lebte in der Mitte der Vernünftigen wie von einem Makel gezeichnet, ekelte bald vor sich selber und erwog es in seinen Gedanken, sich über die Felswand zu stürzen. Er war dem Bau nicht sehr grün gewesen, noch weniger war er's dem Wahnwitz, ihn eines Kuckucks wegen zuschandenzuschlagen: er warf sich der Menge in den Weg, beschwor sie, sich zu besinnen; sie hätte ihn mitzerrissen, hätte er nicht endlich davon abgestanden, ihrer Raserei zu wehren; an den Kleidern zerfetzt und blutbeschmiert schlich er sich von der Stelle.

Seither saß er auf seinem Kämmerlein über dem Felsabsturz einsam, umsorgt nur von seiner Mutter, die ihn freilich auf ihre Weise nicht minder mit Vorwurf verfolgte, doch aus Liebe und Dankbarkeit zu ihr sein Träumerwesen zu lassen, ordentlich wie ein Christ und Bürger zu denken, insonderheit nicht durch Besserwissen alle Mächtigen und Gelehrten gefährlich vor den Kopf zu stoßen, er, ein Lehrling und Klempnerskind. Klaus auch besuchte ihn. In der Stille zu sich genesend, hatte Läublein die Kathedrale noch reicher und herrlicher, auch in Teilen für sich gezeichnet; Hähnchen entsetzte sich fast vor der Schönheit des Liniengeflechtes, die zu erfinden ihm die Fähigkeit nicht eines Menschen, oder dann eines solchen schien, der seine Blumen aus Gefilden des Wahnsinns pflückte. Läublein war lieb und sanft, ganz von Träumen verstrubelt; er hatte sich darin beschieden, das Werk auf dem Blatt zu besitzen, vertrat neuestens gegen Klaus die Meinung, daß das Göttliche zu hoch für die Menschheit und auf deren Markt nicht zu tragen sei. Klaus wollte das nicht verstehen, fand es von Läublein selbstsüchtig und eitel, sich kostbar zu machen mit Dingen, welche die Gottheit ihm aufgetragen, ganz sichtbar im Wunsche, sie in die Welt zu bringen. Man müßte es dann verstecken, lächelte Läublein; irgendwo hinter Wäldern, wo sie es später fänden, sie begriffen es immer erst später, nach einem Jahrtausend, wie eben jetzt ihre Griechen. Sie verstünden es immerhin, so sie nur Fröschlacher wären, versetzte Hähnchen; wer die Welt anerkenne, anerkenne auch das Gesetz des Kampfes, durch den sie bestehe und wachse. Ach Fröschlach! rief Läublein und lächelte sonderbarlich: Fröschlach ist besser als Thorlikon, Thorlikon besser als Schattensee; fast aber kann ich mir Oertlichkeiten denken, noch etwas besser als Fröschlach. Klaus überlegte es. Man müßte dann Fröschlach verlassen und die besseren Orte aufsuchen, gab er schätzungsweise zur Antwort. O, nicht auf Erden! Auf Erden wären sie nicht zu finden. Vielleicht auf dem Saturn, welches ein Stern mit Gloriole sei.

In seinem Haupt nicht sonderlich behende, saß Hähnchen lange und grübelte. Er war redlichen Herzens, ein frischer Junge, ohne Dünkel auf seinen Stammbaum, dem Klempnerssohne Läublein, dessen höheren Geist er ahnte, recht eigentlich hörig ergeben. Er fühlte auch seine Berufung, ihm mit den Kräften zu dienen, die Läublein nach seinen Gaben weniger eignen konnten, doch aber nicht fehlen durften, in der Welt etwas durchzusetzen. Nun aber war er nicht mündig, heißt das, die Familie zog den Zustand der Pflichtigkeit hin, da er ein Luftibus wäre, welchem Geld nicht vertraut werden dürfte.

Hin und her überlegend, stieß er mit seinem Kopfe endlich am Drachenstein auf. Läublein schrak recht zusammen, so fuhr sein Freund in die Höhe. Ich hab's! rief der Knabe: Wir stehlen und schenken es ihnen!

Es war diesmal Läublein, der zu begreifen nicht nachkam. Hähnchen wollte sein Leben dran wagen, dem Drachen das Gold zu entreißen. Was einmal gut gewesen war, einem Schelmen den Strang abzukaufen, sollte an Läubleins Kathedrale auch nicht weggeworfen sein. Geschenkt hatte Fröschlach noch alles angenommen, sogar den Vogel im Uhrwerk. Hähnchen strahlte.

Der Drache war diesmal von Hause abwesend, doch auch der Goldschatz samt dem Topfe schon fort. Unsere beiden Käuzlein saßen lange auf der Ruine, über die Felder und Seen und Wolken blickend, in tiefen Betrachtungen, durch die sie ihre Meinungen austauschten. Hähnchen zeigte Neigung, das Vorhandensein von Drachen geradezu anzuzweifeln; der Galgenbruder, schätzte er, als gereister Mann, hätte sich eins über den Fröschlacher Aberglauben ins Fäustchen gelacht und den Schatz in die Welt mitgenommen. Ueberhaupt ein gereister Spitzbube möchte am Ende klüger sein als in Fröschlach der Pfarrherr; wenn er dran denke, wie der Schlingel mit seinem Gold sich ein lustiges Leben machte, wahrlich, er wollte sich gleich an den Fröschlacher Galgen wünschen. Hat nicht, entgegnete Läublein in ernsten Gedanken, gar unser Heiland neben den Schachern am Kreuz hangen müssen, eh denn er auf in den Himmel fahren durfte? Längst war es ihm, Läublein, als ein Gesetz aufgestoßen, daß alle Dinge in sich zusammenhingen, nicht allein die Wasser über und unter der Erde, auch Hölle und Paradies, von denen das eine nicht ohne das andere lebte; auch Narrheit und Weisheit, auch die faulende Unform und das Schöne, wofür ein Beispiel in der Sumpfrose augenfällig blühte.

Doch gebe es, meinte dawider Hähnchen, auch Sümpfe ohne Rosen?

Freilich gebe es die, und ob sie nicht etwan, als Gottes Werk, selber voll Zauber wären, Kirchen mit ihrem Weihrauch und Dunkel vergleichbar? Seelensümpfe röchen ihm wenig angenehm in die Nase, sprach Hähnchen und blickte sehnlich zur Ferne hinüber, die ihn mit strömenden Flüssen lockte. Hähnchen machte Streiche, es ist wahr; er spielte in Kindereien, da ihm die Aengstlichkeit so wie sein Erbe Taten des Mannes vorenthielt. Er hätte mögen Kriegs- und Kreuzfahrerzüge, Schiffe, Entdeckungsreisen, ganze Erdteile in die Hand nehmen, oder doch Kaiserinnen lieben, einmal so recht mit einer Wunde zusammen schlafen, von der er nicht wußte, war sie Weh oder Lust, einmal vom Galgen in einen Goldschatz fallen; ach, es war frevelhaft zu erzählen und doch von der Art, was er meinte.

Läublein nickte dazu und verstand es, denn eben hatte sich wieder sein Dom in den Wolken angeordnet; zuvor war's ein Lockenkopf gewesen, ein Antlitz von träumender Jungfräulichkeit – ihm wuchs sich's zur Kathedrale aus, darin fand seine Liebe noch besser als in dem Lockenschopf Raum, diese schier übermäßige Gewalt der Einsamkeit seines Herzens.

SIEBZEHNTES ABENTEUER

Auch Fröschlach baut Tempel, unsere sanften Rebellen kehren ins Periklei-
sche Zeitalter zurück. Die Schlacht von Salamis oder Der Bürgerkrieg.

Plötzlicher und wilder Schneefall vertrieb die Fröschlacher keines-
wegs von ihrem heiligen Berge. Ihnen flockte der Marmor vom
Himmel, sie formten gewaltige Quadern, Pilaster und Säulen und
türmten sie zu Tempeln, die ihresgleichen wohl in der neuern Zeit
suchten. Der Bürgermeister verleugnete seinen Namen Mäckerling,
ließ sich mit Perikles rufen, Perikles oder kurz auch der Städtebau-
er; er war ein Mann von der höchsten Schöne und warf seine Locken zurück, wenn er, hochmütig fern, an Athenerinnen vorüber-
ging. Der Stadtbaumeister, nun Pheidias, formte Schneemänner und
-mädchen, alles unsterbliche Werke, denen er zwecks Erzielung
ihrer Altertümlichkeit noch in der Werkstatt Köpfe und Arme ab-
schlug. Hirngewitters Gänsekiel schrieb Tragödien, der Magister
lehrte in der Toga des Sokrates, und nur der Schatzkanzler war ein
Schatzkanzler auch in Säulentempeln geblieben, wohnhaft zu Delphi, nahe dem pythischen Orakel.

Dem Schönen erwuchs seine Feindschaft auch in Fröschlach; Py-
thia weissagte die Prüfung durch Kriegsnot. Männiglich versah sich
daher in der Heimlichkeit mit Salamis, welches eine Wurst südlän-
discher Einfuhr war, aus Eselfleisch gemacht, kreuzweise ver-
schnürt und weiß wie Marquisen gepudert. Unbefohlen hub ein
Wetteifer des vaterländischen Geistes an, Vorräte einzulegen, die
Würste zu Klaftern in Kellern und Speichern zu türmen wie mit
dem Richtmaß gefügt, peinlich gezählt und auf Schildern beziffert.
Solche Geschoße bezogen sie unauffällig, füllten sie in die Lager bei
Nacht und Nebel aus klugem Instinkte, sie dem Feind zu verbergen,
trugen sie zu auf dem Arm in der Verkleidung von Puppen, gruben
sie unerschöpflich aus Gott weiß welchem Torfmoor: Spaß beiseite,
sie hatten sich ihrer Gevattern und Basen im Umkreis erinnert, hatten sich Zuträgerstellen geschaffen, einen Schleichhandel eingerich-
tet – Schattensee machte Geschäfte! – wie immer im gemeinsamen
Schicksal erstarkte die Brüderlichkeit, fielen die Schranken, die
Vorurteile, wurde der Hader begraben – Fröschlacher Adel folgte
der schönen Regung, sich zur Schlichtheit der Blutsverwandten

hinabzuneigen, Stammhäuser bis hinüber nach Thorlikon aufzusuchen, und die Lumpenbrüder in ihrer Rührung verwursteten Esel um Esel. Die Esel freilich stiegen und stiegen im Preise.

Eine scheinbare Unwahrhaftigkeit stört den Chronisten im Schreiben. Er will sie nicht als ein Härchen in seiner Feder liederlich durch den Stil mitschleppen, vielmehr den Leser, dem er entgangen sein sollte, selber auf einen Widerspruch seiner Erzählung stoßen. Vom Fröschlacher Adel ist an anderer Stelle versichert, er hätte der Öffentlichkeit und ihrem Treiben abseits gelebt. Wer nun ein wenig die menschliche Art sich gemerkt hat, wird es glaubhaft nicht nur, sondern zwingend notwendig finden, daß eben der Adel doch dann mit der Menge ging, als das Stichwort auf Hunger gefallen war, und das war es: Eine Belagerung stand zu erwarten, mit Teuerung und Pest schoß der Feind, und diesem Sturm zu begegnen, häufte Fröschlach-Athen in der Stille seine Eselsgranaten, ein jeder nach seinen Kräften, der Reichtum billigerweise splendider, die Armut so gut sie's vermochte.

Die Armut von Thorlikon, hieß es, genügte der Ehrenpflicht damit, daß sie nächtens die Mondmilch in Flaschen von den Traufen zapfte und zu artigen Käslein verdickte. Der Adel übernahm auch diese, gleich wie den Mond, den sie nach langer Bemühung glücklich aus einem Ziehbrunnen fischten. Wenn ihrer einige dabei ersoffen, so geschah auch das wie gemeinhin durch Eigensucht eines Einzelnen, den aus der Reihe zu tanzen der Ernst der Zeit nicht hinderte: Um den Mondlaib im Brunnen zu heben, hatten sie einen Balken darüber gelegt, einer am Leibe des andern kletterten sie in die Tiefe und hatten den Spiegel erreicht, als der oberste an dem Balken in die Hände zu spucken sich nicht mehr enthalten wollte. Also ersoff die Strange, und ein kostbarer Käse war in tausend Splitter zersprungen.

Fröschlach gab auch seinen trojanischen Esel zur Verwurstung. In dem Maße wie die Perser auf sich warten ließen, wuchs in Fröschlach der Argwohn, er hätte sich heimlich schon eingeschlichen. Wilde Gerüchte verhetzten das Volk bis dahin, daß es sich in Haufen zusammenschloß, aus dem Rechte der Notwehr zu handeln: Die Reichen, wie überall, wären es, die mit dem Feinde paktierten, in ihren Häusern die Perser verborgen hielten; der Pöbel brach ihre

Türen auf, die Krieger herauszuholen – Marktweiber und alte Männer stürmten von Wohnung zu Wohnung, von Saal zu Saal gräßlich mit Borstenschöpfen, nach den buntscheckigen Schelmen lechzend, rissen die Schränke und Truhen auf, schloffen gar unter die Teppiche, Kostbarkeiten von einer Farbenpracht, derengleichen sie nie gesehen.

Der Leser hat richtig vermutet: die Aermsten verwirrte der Hunger! Schlechten Gewissens, doch notgedrungen, hatten sie endlich ihr Waffenlager angezehrt und bald genug aufgegessen. Die Stadt zu verlassen, war ein Verbot des großen Perikles ergangen. Mehr als in Fröschlach jemals erhört worden war, hatten sterbende Hühner und Schweine die Luft mit Geschrei erfüllt. Bevor sie ein übriges taten, die Bauern, bevor sie zum letzten griffen: nichts mehr ihr Eigen zu nennen, bevor sie die heiligen Augen der Rinder brechen sahen, pochten sie auf das Eselsfleisch, das noch in Stapeln auf Vorrat lag. Die Reichen aber lehnten sich in ihre Fenster, über die Unvernunft traurig, das Volk zur Gemeinschaft ermahnend, zur Fassung, nicht schon zu hungern, wo noch kein Schwanz von Belagerer seinen Spieß vor die Stadt gesteckt hätte.

Den Reichen war es gelungen, ihre Türen zu verriegeln; aber die Meute wich nicht mehr vom Platze, fror da und magerte, nicht anders als ein schlotterndes Rudel Wölfe. Wozu hätten sie weggehen sollen und wohin, da ihre Stuben im Froste klirrten und Kühe und Kälber und Hühner und Gänse und Katzen und Hunde und Mäuse und Fledermäuse und Läuse und Flöhe und Fliegen und Motten und im Holze der Totenwurm, sein Mehl und sein Loch endlich doch waren aufgezehrt worden!

In den Kemenaten aber fing die Pest an, ihre Opfer zu Boden zu strecken. Um den Vorrat nicht an die Wölfe zu verlieren, aßen sie drinnen mehr davon als eben Eselfleisch ohne Schaden vertragen wird – außerdem wuchs in dem Puder unsichtbar der Schimmel!

Und das Abscheulichste, das ein Menschenhirn nicht erfände, ein Vorgang, welchen die Weltgeschichte in Fröschlach hervorbringen mußte, um seine Möglichkeit zu erweisen, der grausigste Spuk blieb nicht aus, als seine Stunde gekommen war: Die Speise kroch zu den Darbenden heraus durch die Gitter und Löcher, kam zum Hunger auf Füßen der Maden, mit Armen der Würmer gerudert, eilfertig und jauchzend aus seinem besten Bestreben.

Die Armen aber, die brüllten und schmissen damit in die Fenster der faulig platzenden Wänste.

ACHTZEHNTES ABENTEUER

Fröschlach erhält endlich sein Pantheon.

Der Feind kam nicht vor dem Sommer. Der Kuckuck im Frühling hatte Fröschlach aus einem Alptraum geweckt, von dem es ihm schien, daß er Jahrzehnte gedauert hätte. Es waren alle noch da; nur die Marmortempel hatten sich unter der Sonne aufgelöst und waren durchs Kopfsteinpflaster, durch Gossen und Wurzeln in die Fröschentümpel hinabgeronnen. Der Mummenschanz hatte einen faden Geruch am Gaumen zurückgelassen. Eine Weile stand es nicht gut um die Stimmung. Hähnchen schürte die Mißvergnügtheit und fand einen Anhang von Jungen, die das Steuer in Fröschlach herumwerfen wollten. Mäckerling und die übrigen drückten sich wie verregnete Krähen durch die Straßen. Den Rat beschäftigten Pläne, wie sie in Jahrhunderten nicht erhört worden waren. Einmal sollte der Sumpf in eine Anlage von Wasserspielen umgebaut werden. Sodann wollten sie durch Stimmenmehr den Helden berufen, der den Drachen zu erschlagen hatte. Sie fingen an zu verarmen und konnten den Goldschatz nicht verschmerzen. Der Rat trug auch die Absicht, eine Universität zu stiften. Es hatte nämlich der Stadtbaumeister einen Stein in den Trümmern gefunden, von römischer Abkunft vermutlich; der trug einen Spruch in Großbuchstaben:

FIAT JUSTITIA
PEREAT MUNDUS

– den wollten sie nützen und eine Fakultät daran hängen. Sie brachten den Stein zum Pfarrer, den Sinn des Lateins zu vernehmen. Ein Blick darauf zeigte das Bild einer gallischen Mundart, Hochwürden just nicht sehr geläufig. Zeige man doch einmal her! befahl der Magister Nasenspitz und schweifte von Letter zu Letter mit der Käferlupe gewaltig wie ein Falkenauge über Berge und Täler. Sie blickten nach seinen Lippen als wär er der Medikus am Sterbebett. Er machte sich aber geheimnisvoll, ging auf und ab in Verschmitztheit; endlich blieb er bei den Demütigen stehen. Mit nichten, erklärte Nasenspitz, hätte man hier einen Sinnspruch vor sich, sondern schlecht und recht einen Grabstein, und zwar der Justitia Fiat zusammen mit einem gewissen Mundus Pereat, welches weder ein patrizisches Geschwisterpaar, noch Prinz und Prinzessin hätten gewesen sein müssen; Zeit und Abstand nähmen alles in Tiefsinn des Wohlklangs auf, auch seinen eigenen Namen Blasius Nasenspitz eines Tages, wie er versichern könne. Möchte der Tafel nun freilich nach seinem Befunde die Eignung abgehn, über der Tür einer Hochschule pro memoria zu reden, so wäre dessen ungeachtet doch das Verdienst des Herrn Stadtbaumeisters ein kaum hoch genug anzuschlagendes, hätte er doch in dem Vorliegenden nichts geringeres als sozusagen den römisch imperialen Grundstein Fröschlachs ausgegraben, ein Dokument somit, das verdiente, nicht als Teil unter Teilen in einem Giebel zu sitzen, vielmehr ein eigenes Andachtshaus zu erhalten, ein Fröschlacher Pantheon, das zu entwerfen der Herr Stadtbaumeister wie kein anderer das Genie und zugleich als Entdecker auch die Ehrwürdigkeit besitze.

Darnach verneigte sich Nasenspitz, trat bescheiden zurück und hatte denn einem Dummkopf den Kiesel als Edelstein wiedergegeben nach der Bestimmung der Wissenschaft, Feldherrn die Sterne zu lesen, die ihre Siege machen. Insgeheim hoffte er zweierlei, das zu erwirken er sich entschlossen fühlte: Gehaltsaufbesserung und die reservatio mentalis, irgendwo in den Annalen schon den wahren Verdienten des Fröschlacher Nationalheiligtums auf eine Ecke zu setzen.

Von allen Plänen kam also das Pantheon zur beschleunigten Ausführung. Wohl murrte das Volk, dem ein Mausoleum seines Geburtsscheins nicht das für den Tag Dringlichste schien, und die Hähnchen-Partei, die auf Taten drang, fing an gefährlich zu wachsen. Aus den Resten des Domes errichtet, wölbte sich auf dem Berge das Pantheon, auch der Backofen genannt, und Hähnchen war Schalks genug, dem Volksmund sein Stichwort zu geben: »Steine statt Brot!«

NEUNZEHNTES ABENTEUER

Dem Hähnchen erfüllt sich sein Wunsch, an den Galgen zu kommen.

Wir haben selber, merken wir, ein wenig die Unart angenommen, indem wir von Fröschlach reden das obere Fröschlach zu meinen, so wie die Herrschenden selber; nun gab es ja doch aber auch das Fröschlach der unteren Stände, die Altstadt am Fieberwasser, und es war sogar der Fuß und Sockel, der Stock der Mehrheit, der Wald der Schweigenden und Tätigen. Der Chronist zieht ein kleinbißchen Rechtfertigung allenfalls aus seiner Gehaltenheit dazu, den Stoff nach seiner Erscheinung zu spiegeln unter Hintansetzung eigener Meinung, persönlichen Liebens und Hassens, das den Leser nur schlecht unterhalten, somit auch nicht Ehrgeiz und Tugend des echten Erzählers sein kann, und da ist es die bloße Wahrheit, daß bis anhin das bessere Fröschlach eben die Führung hatte, der Wald der Untertanen dagegen nur raunte und stillstand, und dies in der Tiefe, wo ihn das Tagesgestirn spät erreichte, dafür umso früher zurückließ.

Der Wald wird gewaltig erst wenn ihn ein Wind aufrührt, gleich wie die See, die sonst das Unendliche spiegelt und selber zurücktritt, gleich wie der Erzähler, der im Sturm seines Temperamentes wohl dunkel hervortritt, doch den Weltraum dafür aus seinen Tiefen verliert. Ein Volk im Aufruhr, gewiß, hat den Kosmos verloren, handelt außerhalb seiner Ordnungen, außerhalb Gottes in luziferischem Anspruch – welcher Sterbliche aber durchschaute die Gottheit in ihrem Gesetze, und wenn Luzifer nicht minder als Christus ihr Sohn war, der Schmerzenssohn – und ist nicht gemeinhin der Schmerzenssohn auch der Liebling? – ist er alsdann nicht doch Gottes, also im Plan zu Hause gleich der Nacht, deren Räume die Mehrheit gegen die Lichtinseln bilden?

Volk, träge Schwere, du Urdumpfheit, letzter Saurier unserer sublimen Vereinzelung, Ozean aller Herkunft, Fruchtwasser, aus dem die Menschheit mit strahlenden Geistern steigt, Hüter der Horte, Urne des Erbes, du allein ohne Tod, lebend vom Tode: und plötzlich in Zornen, deine Kinder verschlingend, menschhaft unmenschlich, tierisch klug tötend was ein Instinkt dir gebietet – und dummschnäuzig schnaufend gehorsam irgend einem Schreckgespenst, irgend einem Mäuslein, irgend einem Flunkerer!

In Fröschlach war es der Kuckuck, vor welchem das Volk zurückfuhr wie von der Viper gestochen, einem Zauber besprochen. Hähnchen war daran, es zur schönsten Befreiung zu führen; da aber schrie dieser Teufelsvogel, es war Frühling, der Kuckuck blies in seine Okarina, die Bauern liefen an ihre Pflüge, plötzlich stur, als fürchteten sie um ihr Brot, ihre Liebe, als duckten sie sich einer Geißel, und es war nichts mehr von ihnen zu wollen, sie mucksten auch gegen Hähnchen, den Herrn ihrer Herzen, erkannten ihn nicht mehr in seiner anderen Art, sie zu jagen. Und sie krochen zurück in die Bälge der Vorurteile, neigten ihr Horn in die Schlinge, folgten der Salzhand, warteten an der Kripfe, treulich wie angebunden.

Wir denken nicht anders, die Hand, welche Palmzweige legte, und die sich zur Faust gegen Golgatha reckte, meinten beide das Beste. In Jahrtausenden holt die Menschheit eine Liebe nach, für die ihr der Kelch einer Stunde nicht reichte. Tafeln, in Weiheräumen, Behexung aus dunklem Sinn – zu ihnen kehrt die Dumpfheit zurück aus der Laune zum Licht, und die Angst läuft hinweg von der Liebe, dem Hunger, dem Glücke, der Macht. Vielleicht töteten sie eigene Schuld mit Klaus Hähnchen, begleiteten sie sich selber zum Grabe, opferten sie in der Sünde ihr Liebstes. Wer den Wald mit Kuckuck anruft, das ist eine alte Erfahrung, den schimpft der Wald auch einen Kuckuck. Hähnchen hatte die Tafel beleidigt; eine Grabtafel schlug Hähnchen aufs Genick.

Und er baumelte, ohne herabzufallen, es sei denn mit seiner Liebe ins Gold junger Tränen.

ZWANZIGSTES UND IN DIESEM BUCHE LETZTES ABENTEUER

worin die Narrheit ihren Zirkel auszieht, Fröschlach der Welt sein Gold, nebst einem Genie abliefert, der Mohr also gehen kann.

Ein Sieger gönnt seinem Soldaten gerne das Lied. Der Herzog von Lothringen lächelte an der Spitze seines Heerzuges, der den blauen Tag mit Scherz und Gesang auszeichnete. Die Luft stand gleichsam voll von Karussellen und Fahnen, auch Moscheen und farbigen Völkern, klingelte mit Musiken, wehte in Drehorgeln hin, und das Korn aller kommenden Sommer atmete in wohliger Dünung. Wer ein Reich geschaffen hat, fühlt die ungeborenen Geschlechter mit ihren Sonntagen, ihren Glocken, Feierabenden, Gärten über sich als ein Glück, fühlt aber auch, überm Grab der Gefallenen, die dreifache Wonne, zu leben; daher singt er und sieht alles schön, das Silber des Staubes, die Wolkenparke.

Der Herzog hatte im Herzen alle Beruhigung aus dem Getanen, den sichern Besitz des Vollbrachten, freilich auch das Weiterträumen; indem seine Krieger sangen, entwarf er die neuen Schlachten, rüstete er ihren Tod wie eine Mutter die Betten.

Daher blieb er versonnen stehen, als im Moor eine Abordnung von Bauern entblößten Hauptes vortrat, ihm ein Geschenk anzubieten. Es war ihm ein Fröschlach bisher in seinem Leben nicht aufgestoßen; er fand aber die Huldigung bewegend und trug einem Marschall auf, den Fröschlachern mit einem Regiment das Ehrengeleite zu geben. Es widerfuhr ihnen also was dem Bäuerlein, das in die Stadt zinsen geht und bringt den hohen Herrn als Gast nach Hause. Es hatte sich einmal mehr die weise Voraussicht der Sachverständigen und die Tunlichkeit staatsmännischer Ehrerbietung erwiesen; die Regierung besaß wieder die ganze Dankbarkeit ihres Volkes. Der Marschall besichtigte auch das Fröschlacher Pantheon, an dessen Heiligtum er einen Kranz niederlegte. Er beglückwünschte Fröschlach zu der Staatsmaxime, die es auf Stein eingegraben als mosaische Tafel sich immer vor Augen hielt; in der neuern Zeit sei es selten, meinte er lobend, daß ein Volk sich dazu bekannte, fiat justitia, pereat mundus, eher, die Welt als die Gerechtigkeit untergehen zu lassen; womit denn die Fröschlacher erstmals ihr Latein von niemand Geringerem als einem lothringischen Feldmarschall übertragen bekamen. Als nächstes erbat sich der gelehrte Kriegsherr die Auslieferung des gesamten Fröschlacher Staatsschatzes, mit so gewinnender Verbindlichkeit, daß es die Fröschlacher unmöglich als Feindschaft aufnehmen konnten, ungeachtet sie mit der Goldsumme so viel erfahrene Ehre und Freundlichkeit ungefähr quitt zu bezahlen glaubten. Sie verschmerzten denn fast ohne Anstrengung einen Besitz, um den sie sich vormals ein Uebermaß der Sorge und Mühen und Schrecken genug gemacht hatten.

Dafür ergriff sie ordentlich eine Reue, auch ihren Sohn Läublein verlieren zu müssen; so verkehren sich oft die Dinge in ihr Gegenteil. Dem Marschall war Läubleins Kinderwerk als eine Kuriosität der Familie vorgewiesen worden; er fand aber ein solches Gefallen an dem Plane, daß er die Hand auch auf seinen Schöpfer legte und ihn nach Lothringen mitbegehrte. Oft hängt der Mensch an einem vermuteten Werte inniger als am bekannten; die Fröschlacher erlebten das an ihrem Träumer Läublein, welchen sie weiß Gott einmal unbedenklich als Zugabe draufgelegt hätten, nun aber als ihr Bestes und Eigentlichstes sich vom Herzen schnitten. Es blieb ihnen nichts als der Trost in dem Vorsatz, dem großen Sohn dermaleinst, wenn sein Bau als ein Ruhm in der Welt stand, auch sein Denkmal im Pantheon aufzustellen. Für heute ehrten sie ihn mit der Meisterurkunde, verfaßt von ihrem Ratsschreiber Hirngewitter und durch den Stadtbaumeister überreicht. Läublein, in sein schmerzhaftes Glück erhoben, gelobte sich, die Kathedrale außer Gott auch ein wenig dem verewigten Jüngling Hähnchen zu Ehren schön zu bilden; so schied er in Tränen doch unaussprechlicher Entzückungen voll von der Vaterstadt, der seine kindliche Liebe gehörte.

Über tredition

Eigenes Buch veröffentlichen

tredition wurde 2006 in Hamburg gegründet und hat seither mehrere tausend Buchtitel veröffentlicht. Autoren veröffentlichen in wenigen leichten Schritten gedruckte Bücher, e-Books und audio-Books. tredition hat das Ziel, die beste und fairste Veröffentlichungsmöglichkeit für Autoren zu bieten.

tredition wurde mit der Erkenntnis gegründet, dass nur etwa jedes 200. bei Verlagen eingereichte Manuskript veröffentlicht wird. Dabei hat jedes Buch seinen Markt, also seine Leser. tredition sorgt dafür, dass für jedes Buch die Leserschaft auch erreicht wird.

Im einzigartigen Literatur-Netzwerk von tredition bieten zahlreiche Literatur-Partner (das sind Lektoren, Übersetzer, Hörbuchsprecher und Illustratoren) ihre Dienstleistung an, um Manuskripte zu verbessern oder die Vielfalt zu erhöhen. Autoren vereinbaren direkt mit den Literatur-Partnern die Konditionen ihrer Zusammenarbeit und partizipieren gemeinsam am Erfolg des Buches.

Das gesamte Verlagsprogramm von tredition ist bei allen stationären Buchhandlungen und Online-Buchhändlern wie z. B. Amazon erhältlich. e-Books stehen bei den führenden Online-Portalen (z. B. iBookstore von Apple oder Kindle von Amazon) zum Verkauf.

Einfach leicht ein Buch veröffentlichen: **www.tredition.de**

Eigene Buchreihe oder eigenen Verlag gründen

Seit 2009 bietet tredition sein Verlagskonzept auch als sogenanntes "White-Label" an. Das bedeutet, dass andere Unternehmen, Institutionen und Personen risikofrei und unkompliziert selbst zum Herausgeber von Büchern und Buchreihen unter eigener Marke werden können. tredition übernimmt dabei das komplette Herstellungs- und Distributionsrisiko.

Zahlreiche Zeitschriften-, Zeitungs- und Buchverlage, Universitäten, Forschungseinrichtungen u.v.m. nutzen diese Dienstleistung von tredition, um unter eigener Marke ohne Risiko Bücher zu verlegen.

Alle Informationen im Internet: **www.tredition.de/fuer-verlage**

tredition wurde mit mehreren Innovationspreisen ausgezeichnet, u. a. mit dem Webfuture Award und dem Innovationspreis der Buch Digitale.

tredition ist Mitglied im Börsenverein des Deutschen Buchhandels.

Dieses Werk elektronisch lesen

Dieses Werk ist Teil der Gutenberg-DE Edition DVD. Diese enthält das komplette Archiv des Projekt Gutenberg-DE. Die DVD ist im Internet erhältlich auf **http://gutenbergshop.abc.de**

FSC
www.fsc.org
MIX
Papier | Fördert
gute Waldnutzung
FSC® C083411

Zeitfracht Medien GmbH
Ferdinand-Jühlke-Straße 7
99095 Erfurt, Deutschland
produktsicherheit@kolibri360.de